8º Y² 53673

AF328326

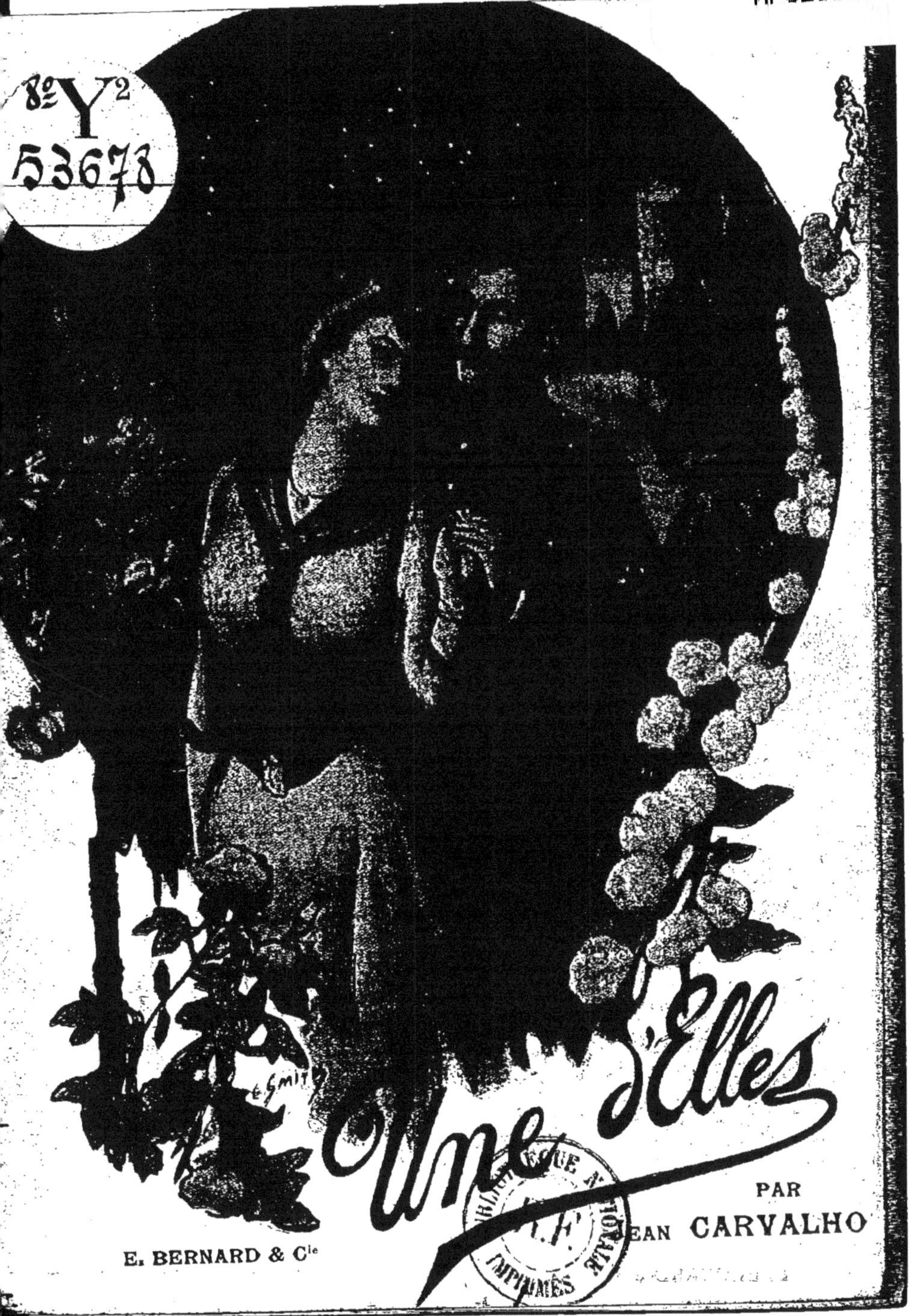

Une d'Elles

E. BERNARD & Cⁱᵉ

PAR
JEAN CARVALHO

Petite Collection E. BERNARD

N° 11

Une d'Elles...

Par Jean Carvalho.

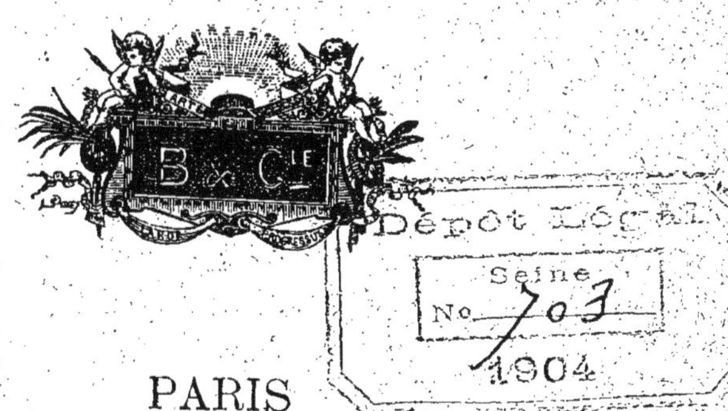

PARIS

E. BERNARD ET Cie, IMPRIMEURS-ÉDITEURS

29, Quai des Grands-Augustins, 29

Droits de Traduction et de Reproduction réservés.

Une d'Elles

I

Au moment où se terminait la longue campagne du Tonkin, M. Maurecourt mourut.

Débarqué tout jeune à Paris, avec quelques sous en poche, il avait rapidement fait sa trouée et, vingt ans après son arrivée dans la capitale, comptait au nombre des plus grands manufacturiers.

Il avait épousé jadis la fille d'un contremaître de l'usine où il était alors petit employé et en avait eu une enfant, Jeanne, qu'il mit une sorte d'orgueil à élever comme s'il eut possédé trente mille francs de rentes.

Puis, un beau jour, il rejoignit en vernis ses aïeux en sabots, laissant une fortune considérable, acquise d'ailleurs aussi honnêtement que possible.

Sa veuve, ne voulant plus désormais entendre parler d'affaires, s'empressa de vendre usine et manufacture et se retira avec sa fille à Merrey, village de l'Est, dans un château qu'ils avaient acheté pour un prix modique et où l'on venait chaque année passer les vacances.

Elles étaient aimées dans le pays dont Jeanne visitait souvent les pauvres, malgré les étonnements et les adjurations de leur voisine, la vieille marquise de Solrange qui prétendait qu'il fallait avoir vraiment du temps à perdre pour secourir des gueux dont les pères avaient fait la Révolution.

Mme Maurecourt, oublieuse du passé, partageait volontiers ces idées. Mais Jeanne mettait un doux entêtement à lui désobéir et comme, en somme, il ne lui était pas désagréable d'être saluée très respectueusement, le dimanche, à l'issue de la messe, elle laissait sa fille agir à sa guise.

Depuis deux ans la vie s'écoulait ainsi. La monotonie en était rompue seulement par quelques visites d'anciens amis et, deux ou trois fois l'hiver, par des soirées tout intimes.

*
* *

Dans un petit salon où elles se plaisaient tout particulièrement — sans d'ailleurs pouvoir dire exactement pourquoi, — Mme Maurecourt et sa fille travaillaient. Jeanne, près d'un ravissant chiffonnier en bois de rose, brodait une écharpe, tandis que sa mère, en plein jour, devant la fenêtre, semblait fort absorbée par une tapisserie tendue sur un métier d'ébène.

Un instant, Mme Maurecourt se renversa légèrement, pour mieux juger sans doute de l'effet d'une combinaison de laines qu'elle cherchait depuis longtemps.

— Là... dit-elle. Je crois avoir réussi cette fois. Tiens, Jeanne, viens voir... Ce petit point fait mieux ressortir mon lévrier. Il a tout à fait l'air de gambader maintenant, tandis qu'avant...

L'esprit ailleurs, bien loin du château, Jeanne n'avait pas entendu.

— Eh bien, demanda sa mère, tu ne viens pas? Qu'as-tu donc?

Jeanne se leva et vint jeter un coup d'œil sur le métier.

— Moi ? dit-elle, rien du tout... Oui, en effet, c'est bien mieux comme cela... Très joli.

Et elle retourna à sa broderie.

— Tu me dis cela, reprit Mme Maurecourt, sur un ton... comme si je te demandais une grâce.

— Pas du tout, ma mère... Comment voulez-vous que je le dise ?

Mme Maurecourt estimait que sa fortune l'obligeait à empêcher sa fille de la tutoyer. « C'est ainsi dans le monde », pensait-elle.

Elle reprit :

— On dit : « Ah, oui !... très bien... Il n'y a pas de comparaison... » ou bien : « Non ; ce n'est pas encore tout à fait cela... il faudrait telle ou telle chose ». Enfin de l'admiration ou un conseil ! Toi ?... « Oui, en effet... très joli !... » Comme pour te débarrasser. Rien qu'à la façon de se dire bonjour, on voit tout de suite si deux personnes sont heureuses de se rencontrer. Le ton fait tout... Mais toi : « Oui, très joli ! » Me voilà bien renseignée.

Elle haussa les épaules et se remit à sa tapisserie, tout en observant :

— D'ailleurs, depuis quelques jours, je ne sais ce que tu as. Tu ne chantes plus ; tu ne causes plus ; ton piano que tu mettais au supplice pendant des heures entières se repose maintenant bien tranquillement. Tu ne me sortiras pas de la tête qu'il y a quelque chose qui te tracasse ou que tu es malade.

— Je vous assure, lui répondit Jeanne, que je n'ai aucun souci et que je me porte admirablement. Ce qui me tracasse en effet, ce sont les dernières nouvelles reçues du Tonkin... Car nous y avons des amis, maman !... M. Georges Valmont, M. Maurice Martillon, monsieur...

Elle s'arrêta. Un nom lui montait du cœur aux lèvres. Elle n'osa le prononcer. Sa mère ne s'aperçut pas de son hésitation et crut au contraire couper court à une énumération.

— Oui, je veux bien, dit-elle... Évidemment, cela n'est pas gai. Mais enfin, des soldats... c'est leur métier, à ces gens-là, de se faire tuer.

— Un bien beau métier ! — fit Jeanne.

— Allons, te voilà encore partie !... Il fallait te faire cantinière !

Eh, certes, son rêve n'en était pas si éloigné ! Elle eût voulu s'en aller là-bas, sous le chaud soleil du Tonkin, marcher avec les soldats, suivre la colonne où Il était, L'encourager par sa présence, Le réconforter d'un baiser et peut-être...L'aimer. Était-ce donc mal de penser à toutes les souffrances que les pauvres diables de plouplous enduraient — quand ils pouvaient résister, qu'ils ne succombaient pas à la fatigue et à la fièvre, cette éternelle et mortelle ennemie ?

Cette dernière pensée lui fit rispoter :

— Ou bien dame de charité.

Mme Maurecourt allait répondre lorsque leur vieux domestique Pierre, vint annoncer la marquise de Solrange.

A ce nom, elle oublia tout, Tonkin, soldats, cantinière, dames de charité. Elle ne songea plus qu'à cette seule chose : Mme la marquise de Solrange daignait la visiter. Et après deux ans elle ressentait la même émotion chaque fois que la marquise venait au château. Elle était fière, elle, la veuve d'un manufacturier, de recevoir dans son salon, une femme qui avait le droit d'armorier sa voiture et de dormir sur des oreillers ornés d'une couronne. Elle voyait dans toutes ces visites une condescendance toute seigneuriale, une sorte de générosité magnifique dont l'aristrocratie seule était capable, qui était un privilège dont elle n'usait que rarement et avec ceux-là seulement qu'elle voulait honorer d'une toute spéciale distinction.

Aussi, abandonnant sa tapisserie, se précipita-t-elle au devant de la visiteuse qui entrait.

C'était une petite vieille, d'un âge incertain, paraissant avoir soixante ans, mais pouvant n'en avoir que cinquante-cinq, à moins qu'elle n'en eût soixante-dix. Elle-même, à force de l'avoir caché, finissait par l'ignorer.

Avec son éternelle robe « puce », ses cheveux gris en tire-bouchon, encadrant une figure vieillotte où l'on apercevait des maladroites tentatives de rajeunissement, elle trottait menu, mettant une sorte de coquetterie à faire sonner ses talons d'une hauteur toute régence.

Les deux mains tendues, Mme Maurecourt l'accueillit avec un inexprimable sourire de vanité et de satisfaction.

— Quelle bonne surprise !... Mais pourquoi vous faire annoncer ?... Vous savez bien que c'est inutile... que vous êtes ici comme chez vous.

Toute particule, dans son esprit, avait droit à des égards, toute couronne à des platitudes, et elle s'estimait heureuse que celle qui en était l'objet daignât les accepter.

— Chère amie, c'est une vieille habitude, fit la marquise qui, depuis longtemps, s'était aperçue de l'impression qu'elle produisait et se proposait de tirer le plus possible profit de la respectueuse manie de la châtelaine de Merrey.

Jeanne s'avançait, sans grand empressement.

Elle n'éprouvait à l'égard de la noblesse aucun des sentiments de sa mère et le spécimen aristocrate qu'elle avait sous les yeux n'était pas fait pour qu'elle changeât d'opinion. La marquise, d'ailleurs, lui inspirait une antipathie dont elle ne pouvait se rendre compte autrement que par l'accès de mauvaise humeur que lui procurait chacune de ses visites. Sa nature simple et droite ne pouvait supporter les allu-

res maniérées. Elle souffrait de la hautaine bonho-
mie qu'affectait Mme de Solrange à l'égard de
sa mère dont l'humilité froissait son amour-propre.

— Bonjour, Jeannette ! fit la marquise en baisant
la jeune fille au front, pour la plus grande joie de
Mme Maurecourt.

— Mais, j'y songe, continua-t-elle, il vient d'arriver
une lettre pour toi. Le facteur l'a remise au moment
où j'entrais... Une petite enveloppe bleue, toute
petite, pas plus grande que cela... Quel air
étonné !

Jeanne, en effet, cherchait d'où pouvait venir cette
lettre.

— C'est peut-être un poulet, fit la marquise en
souriant.

Comme la jeune fille semblait surprise d'une sup-
position de ce genre, elle se hâta d'ajouter :

— Oh, ne te scandalise pas !... De mon temps, nos
mères n'y voyaient aucun mal... Nous avons ainsi ri
bien souvent... Mais tu brûles de savoir... Va, cours
apprendre qui a pu t'envoyer ce petit bleu.

Jeanne sortit. Les deux femmes vinrent s'asseoir
sur un canapé.

— Comme c'est bon, la jeunesse ! dit la marquise,
en tapotant sa robe. Elle est vraiment gentille,
votre Jeanne... Quand marierons-nous ce bijou-là ?

— Oh, je n'y songe pas encore ! répondit Mme
Maurecourt... Elle est bien jeune...

Elle était contente, au fond, que la marquise de

Solange daignât s'occuper de sa fille, mais, par un sentiment tout féminin, croyait devoir ne pas le laisser paraître.

— Naturellement, riposta celle-ci ; c'est toujours la réponse. Cependant, Jeanne a dix-neuf ans, je crois ?

Mme Maurecourt s'étonna :

— Elle vient de les avoir, c'est vrai. Je ne puis m'imaginer...

— Voilà bien les mères ! Jusqu'à ce qu'ils les quittent, les enfants ne sont toujours que des bébés. Je suis sûre que Jeanne a beau porter, depuis quelque temps déjà, des robes longues, vous la voyez encore comme lorsqu'elle avait dix ans.

— Cela ne va pas jusque là, protesta Mme Maurecourt en riant, mais enfin...

— Eh bien, fit la marquise d'un air entendu, je connais un jeune homme qui n'est pas du tout de votre avis et, lorsqu'il la regarde, celui qui lui dirait qu'elle est encore une enfant serait fort mal reçu.

Mme Maurecourt avait écouté avec attention cette déclaration, se demandant si la marquise ne se moquait pas. Rapidement, dans sa tête, elle passa en revue, sans trouver, tous les jeunes gens qu'elle pouvait connaître. Elle demanda alors, prenant le ton le plus dégagé qu'elle put :

— Vous connaissez cet amoureux ?

Elle espérait, par une question aussi précise, embarrasser quelque peu la marquise, mais celle-ci sans hésiter, riposta :

ous aussi. Cherchez... Oh, ce ne sera pas bien long, notre société n'est pas si nombreuse.

Mme Maurecourt, cette fois, commençait à être inquiète. Serait-ce vrai ? Mais qui ?

— Il est certain, dit-elle, que ce pays est un véritable ermitage...

— Avez-vous trouvé ? demanda Mme de Solrange malicieusement.

— Vraiment, alors ?... Voyons... Alfred Marcy !... Gustave Berteaux ?... Edmond Laroche ?...

Et la petite vieille disait toujours : non, de la tête.

Mme Maurecourt se piquait au jeu. Un nom lui revint en mémoire. Mais, obéissant toujours à ces scrupules dont rougissait sa fille, elle le prononça moins franchement :

— Edouard de Signy ?

Elle regarda anxieusement la marquise qui répondit négligemment :

— Vous n'y êtes pas.

Après cet effort, Mme Maurecourt, désespérait. Elle n'osait plus. Et sur le canapé, à côté d'elle, la marquise, attendait toujours, semblant prendre un plaisir extrême au supplice qu'elle infligeait à la pauvre femme, dont elle connaissait depuis longtemps toutes les faiblesses.

Elle cherchait toujours. Brusquement, un nouveau nom surgit devant elle, éclata dans ses souvenirs en lettres brillantes ; mais elle l'écarta, tant il lui paraissait fou de songer que celui qui le portait pouvait être amoureux de sa fille. Elle réfléchit encore.

— Eh bien?... Vous ne trouvez pas?... Cependant ce n'est, je vous le répète, pas très difficile.

A tout hasard, sans aucun espoir, pour répondre simplement et montrer sa bonne volonté dans cette chasse au gendre, elle fit appel à tout son courage et lança timidement :

— Le baron de Solrange ?

— Parfaitement ; le baron Gaston de Solrange, répondit le plus tranquillement du monde la marquise.

Mme Maurecourt était stupéfaite et sa physionomie reflétait une telle surprise que la vieille dame crut devoir ajouter :

— Qu'y a-t-il d'étonnant à cela ?

Mme Maurecourt n'en savait rien elle-même et elle avait bien de la peine à rassembler ses esprits bouleversés par une pareille découverte.

— Mon Dieu, Madame, répondit-elle, nous ne connaissons que très peu le baron... C'est à peine s'il est venu deux ou trois fois, cet hiver, à nos petites soirées...

Elle s'arrêta, ne sachant plus, ne trouvant plus rien à dire. Fort heureusement, la marquise qui n'attendait qu'un mot encourageant, feignit de le trouver dans cette phrase évasive, et vint à son secours :

— C'est vrai, Gaston depuis quelque temps vit très retiré. Il n'aime plus le monde. — « Ce que j'y ai vu, me dit-il quelquefois, suffit pour m'en détourner. » — Il travaille à un ouvrage d'histoire qui semble l'occuper beaucoup. Cependant, dernièrement, il parut

très soucieux. Le matin, dès l'aube, il partait à cheval
et ne rentrait qu'à l'heure du déjeûner, le plus souvent m'apportant une gerbe de fleurs des champs.
L'après-midi, il s'enfermait dans son cabinet. Le soir
il se mettait à table et dînait sans prononcer une parole, puis me quittait pour regagner ses apparte-
ments.

Mme Maurecourt, maintenant, avait repris son
sang-froid et écoutait attentivement. La marquise
poursuivit :

— Je ne savais à quoi attribuer ces changements
d'humeur. Hier enfin j'eus le mot de l'énigme. Il
rentra comme d'habitude, mais plus sombre... et sans
m'apporter de bouquet. — « Ma tante, me dit-il soudain, vous connaissez Mademoiselle Maurecourt ? »
— « Certainement, lui répondis-je... je connais la famille Maurecourt depuis assez longtemps. Nos relations n'étaient pas aussi fréquentes jadis que depuis
qu'elles habitent ce pays, mais je me rappelle fort
bien cependant avoir vu Jeanne, fillette blonde, avec
ses grands cheveux au vent, courir dans la campagne et profiter du mieux qu'elle pouvait de ses
vacances »... Mais pourquoi cette question ?... Je t'ai
déjà raconté cent fois tout cela.

— Et que répondit-il ? demanda Mme Maurecourt
fort intéressée.

— Le brigand évita la réponse. — « Je l'ai rencon-
trée tout à l'heure sur son alezan »...

— Jeanne, en effet, va souvent faire de longues
promenades à cheval. Elle en profite pour visiter ses

pauvres et Philippe, bien que vieux, l'accompagne dans ses chevauchées à travers le pays qui commence à la connaître.

— Attendez. Ce fut alors un flot de louanges, un enthousiasme... J'en étais abasourdie. Jamais je n'avais vu pareil entrain... Et tout le repas se passa à causer de vous et surtout de Jeanne. Vous comprenez que je ne fus pas longue à tirer la conclusion de tout cela. Ma bonne marquise, pensai-je, Gaston n'a plus ni père ni mère, il faut les remplacer...

Mme Maurecourt sentait la joie entrer en elle et l'absorber au point qu'elle ne se put contenir.

— Mais c'est une véritable demande que vous me faites là ! s'écria-t-elle d'un ton qui ne pouvait laisser aucun doute à la marquise sur l'effet produit par son petit discours.

— A peu près, répondit-elle d'un air dégagé.

Sûre maintenant du succès de sa démarche, elle estima qu'elle pouvait insister et entrer dans certains détails :

— J'aime beaucoup mon neveu, affirma-t-elle, et je serais enchantée d'avoir votre fille pour nièce... Que vous dirai-je de Gaston ?... C'est un garçon loyal et franc, aimant à vivre dans ses travaux, mais sachant se montrer aussi, lorsqu'il le faut, le mondain le plus délicat... Quant à sa fortune — car il faut bien songer aux exigences de la vie — elle n'est pas considérable. Son père, dont vous devez vous souvenir, en a gaspillé une grande partie dans des inventions plus baroques les unes que les autres et, s'il n'était « parti », le pauvre enfant serait aujourd'hui complètement ruiné. La succession était, paraît-il, fort embrouillée et il fût longtemps en procès, surtout après la mort de sa mère, avec certains membres de la famille. Lorsque les gens de la chicane eurent été satisfaits, il revint à peu près à l'orphelin une dizaine de mille livres de rente. C'est peu pour un de Solrange, mais cela suffit à Gaston.

Mme de Maurecourt sut un gré infini à la marquise de ce qu'elle venait de dire. Elle admirait cette grande dame qui, par affection pour son neveu, n'hésitait pas un instant à exposer l'état lamentable de ses finances. Avec quelle délicatesse d'ailleurs ! L'aristocratie décidément possède seule le secret du tact dans les situations difficiles et se grandit encore par l'abnégation et le malheur.

Elle ne savait que répondre et crut devoir récompenser tant d'évidente sympathie par un désintéressement absolu :

— Vous connaissez approximativement notre fortune, dit-elle. Ce ne sera donc qu'une question secondaire dans la conclusion de ce mariage.

Un éclair passa dans les petits yeux de la vieille dame.

— Ainsi, vous agréez ma demande ?

— C'est certes la plus imprévue, mais aussi la plus flatteuse, car l'union d'une Maurecourt avec un de Solrange comblerait mes vœux. C'est vous dire que je suis avec vous et que vous pouvez compter sur mon appui. Toutefois, je ne veux nullement influencer Jeanne. Si M. de Solrange lui plaît et qu'elle l'accueille favorablement, tout ira bien; mais si, pour une raison quelconque, elle le refuse, je n'emploierai aucun moyen pour la forcer à mettre sa main dans celle d'un homme qu'elle n'aura pas choisi.

N'allait-elle pas un peu loin? Elle en eût peur. Pourtant, ne devait-elle pas laisser sa fille en dehors de tout engagement? Son devoir de mère ne l'obligeait-il pas à conserver, malgré tout le plaisir qu'elle pouvait éprouver à l'idée de ce mariage, une certaine liberté? Sait-on jamais ce qui se passe dans le cœur d'une jeune fille et, fût-on sa mère, a-t-on le droit d'en disposer à sa guise, au gré de sa fantaisie, pour la simple satisfaction de ses propres penchants ou la réalisation d'un rêve longtemps caressé?

Elle comprenait tout cela et, au fond, elle n'était pas fâchée de l'avoir dit. Elle regrettait seulement de l'avoir fait un peu brutalement, au moment où Mme de Solrange venait à elle avec une franchise qui excluait toute idée méchante de calcul ou d'intérêt. Elle craignit d'avoir froissé celle qui, en demandant ainsi pour son neveu la main de sa fille, avait osé rompre avec les traditions de sa caste et fouler aux pieds les préjugés gothiques de la vieille aristocratie. Aussi s'empressa-t-elle d'ajouter :

— Je ne doute pas, je dois l'avouer, que l'objet de votre visite lui soit une agréable surprise.

La marquise attendait cette bonne parole qui marquait la fin d'une première entrevue de ce genre.

— Merci, dit-elle en se levant. Je vais vous quitter

TANTARQUIST ET SORLANGES
C. SMITH

car ma mission est terminée et quelqu'un attend mon retour à Solrange avec une impatience que vous devez comprendre.

— Et comme la bonne fée, vous portez l'espérance.

— C'est cela même... Aussi, je me sauve!... A bientôt!

Et elle sortit, sautillante, ne se sentant pas de joie à la pensée du brillant mariage qu'elle venait d'engager et qui rendrait au blason de Solrange l'éclat qu'il avait perdu.

Mme Maurecourt, elle, ne pouvait se remettre d'une pareille surprise. Elle allait, venait, dans le petit salon, sans but précis, par un besoin mécanique de mouvement. Elle reprit enfin sur le canapé la place où elle avait entendu l'étrange déclaration qui la ravissait au point qu'elle n'osait encore y croire.

— Qui aurait jamais pu deviner cela? songeait-elle... Jeanne, baronne de Solrange!... Ah, messieurs les aristocrates, vous trouvez décidément que les petites bourgeoises ont du bon!... Et quand je pense que M. Maurecourt me disait souvent: « Jeannette? nous la marierons à quelque riche industriel, honnête et travailleur. Choyée, fêtée, adulée par les ouvriers, elle sera comme une petite reine!... »

Elle ne put s'empêcher de sourire. Ce souvenir des projets de son mari lui paraissait tellement étrange en ce moment qu'elle se demandait comment on avait pu un instant s'y arrêter.

— C'est très joli, tout cela, mais on ne le trouve

que dans les romans. Dans le monde, c'est une autre histoire. On annonce madame X., ou madame Y., immédiatement se pose l'inévitable question : « Que fait son mari ? »... Et, dans un salon, il n'est pas toujours agréable d'être la femme d'un monsieur qui fabrique des limes ou des ustensiles de ménage. J'en sais quelque chose... Tandis que : « Madame la comtesse ou la baronne de... », on la regarde et on ne demande rien de plus.

Elle sonna pour faire prévenir sa fille qu'elle désirait lui parler.

Il ne fallait pas laisser traîner ce mariage, sinon : adieu les rêves ! Certes, le baron avait une fortune beaucoup moindre que la dot qu'elle pouvait donner, mais précisément Jeanne apporterait dans la communauté de quoi faire briller sa petite couronne plus encore que bien d'autres. Et puis enfin, elle, elle serait la mère de la baronne de Solrange. Cela n'était pas sans lui procurer un sensible plaisir et elle envisageait, avec une joie d'enfant, l'avenir qui s'ouvrait tout blasonné depuis quelques instants.

Elle était toute à ses pensées de grandeur quand Jeanne entra.

— Qu'y-a-il, ma mère ? demanda la jeune fille. Tiens, la marquise est partie ?

— Je t'en prie, Jeanne, fit Mme Maurecourt que cette remarque avait choquée, dis : madame la marquise !

Jeanne accéda à la prière de sa mère et répéta avec une certaine affectation :

— Madame la Marquise est partie ?

Elle alla s'asseoir près du chiffonnier où elle reprit l'ouvrage interrompu par la visite de Mme de Solrange.

Sa mère vint près d'elle :

— Ne fais donc pas l'enfant !... Il s'agit d'une chose très sérieuse.

— Encore une mauvaise nouvelle ! fit Jeanne sans lever les yeux. Elle ajouta, comme se parlant à elle-même :

— Triste journée !

— D'abord riposta Mme Maurecourt, ce n'est pas une mauvaise nouvelle. Et pourquoi : encore ?

La jeune fille hésita. Elle ne voulait, elle ne pouvait pas dire le motif de sa grande tristesse. C'était son secret, elle entendait le garder au plus profond de son cœur, longtemps, toujours. Mais elle comprit qu'elle devait expliquer, tout au moins d'une façon vraisemblable, un mot qu'elle avait machinalement prononcé. Il fallait à tout prix éviter un soupçon et, stoïquement, elle inventa une réponse qu'elle débita vivement, comme au temps où, petite fille, elle récitait ses leçons :

— Je viens d'apprendre que Blanche est très malade... Une fluxion de poitrine...

Mme Maurecourt ne fut pas autrement surprise. Elle connaissait l'étroite amitié, la réelle affection qui unissait les deux jeunes filles ; elle comprit la peine que devait éprouver Jeanne.

— Blanche est forte, lui dit-elle. Il faut espérer que

la maladie cèdera devant la jeunesse et la santé. Moi
au moins, j'ai quelque chose de plus gai à t'apprendre.

Heureuse et fière, lentement, distinctement, scan-
dant en quelque sorte chaque syllabe, elle laissa tomber ces mots :

— Mme la marquise de Solrange vient de me demander ta main, et...

Elle n'eut pas le temps d'achever. Jeanne s'était
levée, toute pâle, et la regardait :

— Ma main ?... à moi ?...

Puis, accablée, elle retomba sur sa chaise, froissant
entre ses doigts l'écharpe de soie.

Mme Maurecourt s'empressait :

— Jeanne !... Mon enfant !

Elle n'était point mécontente du tout de voir l'effet
produit et mettait sur le compte de la surprise d'un
bonheur inespéré l'émoi qui s'était emparé de sa
fille au point de l'effrayer presque. Tendrement, elle
se pencha vers Jeanne qu'elle baisa sur le front.

Celle-ci l'écarta doucement. Les idées s'entrecho-
quaient dans son cerveau, l'étourdissaient, l'affolaient.
Une seconde, elle eut la sensation d'un vide infini,
il lui sembla qu'elle allait mourir et, dans le chaos de
sa raison, ce lui fut une douce chose. Cette impression dura peu. Un nouveau baiser de sa mère la tira
de ce néant pour la ramener à la réalité qui l'avait
épouvantée. Elle comprit alors tout ce qu'il y avait
d'anxiété dans le regard qui s'était fixé sur elle, elle
devina même l'égoïsme un peu enfant de cette mère

qui rêvait de grandeurs, elle entrevit, dans l'immense
satisfaction qu'elle lui donnerait en acceptant, une
sorte de reconnaissance de toute l'affection et la tendresse dont elle avait été entourée ; elle la regarda
pour dire : oui. Mais alors tout son être se révolta, les
souvenirs l'assaillirent, des images rapides passèrent
devant ses yeux, elle se leva et, gravement, comme
sous l'empire d'une brusque et décisive résolution :
   — Quelle que soit, dit-elle, la personne qui fait
demander ma main, c'est un honneur pour moi puisque Madame la marquise de Solrange vient en son
nom...
   Ses doigts se crispaient sur le dossier de la chaise.
Elle ajouta :
   — Mais veuillez répondre, ma mère, que je n'accepte
pas cet honneur.
   La foudre tombant aux pieds de Mme Maurecourt
ne l'eut pas plongée dans un aussi profond étonnement. Elle regardait sa fille, sans la voir, entendant seulement encore ses paroles, ne comprenant
pas, et seulement étourdie par le renversement inat-
tendu de tout l'échafaudage de ses rêves qu'elle ne
s'aperçut pas que Jeanne s'était laissée retomber sur
sa chaise et pleurait accoudée, sur le chiffonnier.
   — Comment ! tu refuses le baron de Solrange ?
   La jeune fille ne répondit pas.
   — Voyons, qu'as-tu ?.... pourquoi pleurer ?
   Jeanne se leva, deux grosses larmes roulèrent sur
ses joues pâles, elle tendit une enveloppe à sa
mère :

— Pour la première fois, je vous ai menti, dit-elle. Blanche n'est pas malade. Ces deux lettres que je viens de recevoir vous ferons comprendre pourquoi je refuse... et pourquoi je pleure.

A peine eut-elle prononcé les derniers mots qu'elle éclata en sanglots et alla se jeter sur le canapé où, quelques instants avant, sa mère et la marquise avaient si tranquillement projeté son union prochaine avec le baron.

Mme Maurecourt prit une lettre et lut à mi-voix :

« Mademoiselle,

« Par le plus grand des hasards, ou plutôt par une
« infinie bonté de la providence, je viens d'apprendre
« que vous aimez celui que j'aime. La lutte entre nous
» est impossible, les armes sont inégales. Vous êtes
« jeune, riche et belle, vous devez être bonne... Je ne
« suis qu'une pauvre fille, orpheline, presque sans for-
« tune, n'ayant pour se défendre que son amour. Cet
« amour, c'est ma vie. Soyez généreuse ! Vous que le
« ciel a comblée, ne m'enlevez pas ma seule part de
« bonheur ici-bas. Votre fiancé m'aime, j'en suis cer-
« taine, et ne je vis que pour lui.

« Je vous envoie sa dernière lettre où il m'annonce
« son prochain retour, où il me parle de son fils qu'il
« adore et qui, tous les soirs, joint ses petites mains
« vers Dieu et prie pour son père en danger. Renon-
« cez à lui ! Je vous le demande à genoux. Peut-être

« un jour mes prières de reconnaissance compteront-
« elles là-haut pour votre bonheur. »

« Berthe Dorval. »

Mme Maurecourt, machinalement, répétait : « pour
votre bonheur »...

Mais soudain regardant sa fille :

— Que signifie tout cela ?

— Ma mère !...

— Voyons, réponds... Je ne comprends rien à cette
lettre... Berthe Dorval... je ne connais personne de
ce nom... Et puis « votre fiancé »... Tu n'as pas de
fiancé... Tu vois bien, cette lettre n'est pas pour
toi !...

Elle regarda l'enveloppe et lut l'adresse.

— Cependant elle t'est adressée... Ah ça, veux-tu
m'expliquer ?... De quel fiancé s'agit-il ?...

— Je vous en supplie ! implora Jeanne.

— Qui ?... dis-moi son nom !

— Le lieutenant Dalvinoy, murmura Jeanne.

— Le lieutenant Dalvinoy ?... Ah certes, je ne
m'attendais guère...

Elle se promena, haussant les épaules. Mais bientôt, sous l'empire d'une réelle indignation, elle se
tourna vers sa fille :

— Dalvinoy !... Dalvinoy !... Bon choix, ma foi !
Tu le vois... cet homme est un lâche !...

— Comment ?

Jeanne se redressa d'un bond. Certes son amour

la faisait cruellement souffrir et l'épreuve était douloureuse. Tandis qu'elle cachait pieusement au fond
de son cœur les douces illusions d'un rêve chèrement
caressé, celui qui était l'objet de ce culte, celui qui
dans ce rêve apparaissait sans cesse, la trahissait
odieusement depuis longtemps, depuis toujours peut-
être. Pourtant l'insulte à l'absent la cingla.

— Ma mère !... je vous en prie...

— Eh bien ?

— Je l'aime tant !

Elle fit cet aveu avec un tel accent de poignante
sincérité que, malgré elle, Mme Maurecourt fut émue.
Elle n'avait tout d'abord vu là qu'un caprice, une
amourette tout au plus comme en ébauchent tant de
jeunes gens, elle comprenait maintenant que sa fille
souffrait.

— Tu l'aimes, je veux le croire, fit-elle doucement.
Ta mère aurait dû le savoir avant... cette malheureuse
fille. Mais rien là-dedans ne laisse entendre qu'il
éprouve pour toi les mêmes sentiments.

Jeanne hésita. Répondre, c'était révéler ce secret
qu'elle gardait si jalousement. Mais ne l'avait-elle pas
avoué ?

Alors une grande tristesse s'empara d'elle, et, simplement, comme d'une chose passée :

— Il me l'a dit, et j'eus le tort de ne pas vous en
avertir. Lorsqu'Albert partit pour le Tonkin, le
soir, dans le jardin, il m'avoua son amour. Je l'écou-
tais, charmée... Sa voix était si douce, ses paroles si
tendres !... Je l'ai cru et lorsqu'il murmura : « Je vous

aime ! » mon cœur fut son écho, et mes lèvres répé-
tèrent tout bas : » Je vous aime ! »... Et maintenant...

Elle se précipita dans les bras de Mme Maurecourt.

— Oh, maman !... maman !...

Mme Maurecourt était fort embarrassée. Jamais
elle ne s'était trouvée dans pareille situation. De ses
amours avec M. Maurecourt, il ne lui restait que quelques souvenirs vagues, un peu confus et très loin-
tains. Aussi maudissait-elle de tout son cœur Albert
Dalvinoy, Berthe Dorval, la lettre et, pour un peu, le
facteur qui l'avait apportée. Il n'y a pas de danger que
celles-là s'égarent jamais. Elle eut voulu trouver un
soulagement à une aussi grande douleur, mais elle ne
savait lequel et il lui sembla que le mieux était d'op-
poser à cet amour défunt un amour naissant, dans un
contraste où celui-ci aurait l'avantage. Pauvre psy-
chologie ! mais qui servait et flattait si bien ses manies...

— Ma chérie, dit-elle, tu es victime de ta jeunesse. Si tu m'avais tout raconté, tu ne souffrirais pas
aujourd'hui... Quant à cet homme... pendant que tu
songeais à lui, tandis que tu pleurais en lisant les
nouvelles du Tonkin, que tu tremblais à chaque nouvel engagement, que tu cherchais avec anxiété son
nom parmi les morts et les blessés, il te trompait ! Et
lorsqu'il était ici, murmurant à ton oreille de chaudes
paroles d'amour, il trompait encore... Qui ? Je ne
sais ; mais cette femme aujourd'hui pleure comme

toi,... plus peut-être ! car elle a sous les yeux la preuve
vivante de son amour. Et tu voudrais l'épouser ?...
alors qu'à côté de toi, tu as l'amour profond d'un
homme dont le cœur est aussi noble que la race, qui
n'a qu'un seul désir ; t'adorer, te le dire cent fois par
jour, librement, associer enfin son existence à la
tienne et ne vivre à deux qu'une seule vie, pure et
sans tache ?

Jeanne se dégagea de l'affectueuse étreinte et,
allant s'accouder sur la cheminée, s'efforça de ramener un peu d'ordre dans ses idées. Par moment, tout
cela était si confus qu'elle devait faire un grand
effort pour démêler la vérité dans l'inextricable douleur où se débattait son cerveau. Ainsi c'était vrai.
Albert s'était moqué d'elle. Il lui avait répété ce qu'il
avait dit à l'autre et il avait été si persuasif, il avait
paru si sincère que, tout de suite, elle l'avait cru. Puis
il était parti, lui laissant au cœur, avec une douce
blessure, ce secret qu'elle conservait pieusement
et qu'elle venait de révéler dans un cri d'angoisse. Ainsi c'était vrai ; l'autre... Oh ! ce mot déjà
dans sa vie. Comme elle la haïssait cette femme qui
brisait ainsi son rêve !... Mais non, elle aussi peut-
être était trompée... Les hommes sont lâches. Lui ?
Elle le voyait encore, se rappelait ses mots, ses gestes, sa voix... puis les lettres... puis elle ne savait
plus. Tout cela s'embrouillait dans sa pauvre tête et
la faisait souffrir de cette douleur froide, sans pleurs,
qui fait désirer la mort.

— Jeanne !

Sa mère. Celle-là aussi la torturait. Jusqu'ici elle n'avait vu que ses petits travers et elle en avait ri. Aujourd'hui, elle lisait au fond de son âme. Elle y voyait le calcul ambitieux qui avait dicté les paroles qu'elle avait entendues contre Albert et qui lui étaient tombées sur le cœur comme autant de coups de marteau. Ah ! comme elle comprenait bien maintenant ! Et cette vieille marquise, toute ratatinée, avec ses minauderies et ses airs de fouine, qui était venue tout à l'heure offrir un titre en échange d'une dot ! Honteux marché, qui lui inspirait un tel dégoût qu'elle allait dire : Pouah ! — lorsqu'en regardant sa mère elle aperçut les lettres que celle-ci tenait encore à la main. Alors la trahison la mordit et, pour en finir, pour sortir de cet affreux cauchemar, ne voyant personne qui pût la sauver, elle crut à l'holocauste et, victime résignée, fit le sacrifice de ses rêves, de sa vie.

— Vous avez raison, ma mère, fit-elle... j'oublierai, puisqu'il le faut. Vous pourrez dire, puisqu'aussi c'est là votre plus grand désir, que la demande de Monsieur le baron de Solrange est agréée.

— Ma chère enfant !

Et Mme Maurecourt, qui, une fois de plus, s'était méprise, ouvrit les bras. Jeanne s'y laissa aller et la détente qui suit d'ordinaire ces sortes de crise muette se produisit : elle pleura doucement.

Sa mère la soutenait, émue malgré tout, sans deviner la véritable cause des larmes de sa fille et s'efforçait de la consoler en l'appelant « son trésor ».

*
* *

La marquise regagnait Solrange dans son unique équipage. La calèche bleue avait pu prétendre, vers 1830, à l'élégance et à la légéreté, mais elle avait perdu beaucoup de ces qualités et ne provoquait plus aujourd'hui qu'une mince curiosité. Les gens du pays souriaient en la voyant passer, traînée par un vieux pommelé que ne parvenaient point à émoustiller les rares et affectueux coups de fouet d'un cocher pour le moins contemporain de feu le marquis.

—Vite, François ! avait-elle dit en tapotant son coussin avant de s'installer.

Le pommelé se remua, tira et prit son allure habituelle.

La marquise était heureuse. Elle avait enfin trouvé pour son neveu un parti digne de lui. Certes, la lignée de Jeanne ne valait pas celle de Gaston, mais elle avait du moins le mérite de la fortune acquise dans l'industrie. Or l'industrie est aujourd'hui une puissance avec laquelle il faut compter et de plus nobles ne l'ont pas dédaignée. La mésalliance n'était donc pas inavouable. Elle ne se faisait d'ailleurs aucune illusion sur le compte du descendant des Solrange et savait fort bien qu'elle n'eut trouvé dans son monde aucune jeune fille disposée à l'épouser. Il courait à son endroit certaines histoires que des parents moins aveugles que Mme Maurecourt eussent certainement découvertes, et qui n'étaient rien moins que propres à arrêter, avec une brusquerie peut-être

génante, toute tentative matrimoniale. Aussi se félici-
tait-elle de l'heureuse issue de sa démarche.

— Plus vite, François !

Tiré de sa solennelle torpeur, François tressaillit,
étonné d'une injonction à laquelle il n'était guère habitué. Il se décida cependant et toucha légèrement
du fouet le pommelé que la surprise réveilla et faillit
faire réellement trotter. L'équipage parut aller plus
vite et la marquise sourit. Bientôt il s'engagea dans
une tranchée de bois qui, d'ici peu sera, grâce à elle,
élaguée, nettoyée, gazonnée et formera une magnifique avenue au château de Solrange.

Bâti au siècle dernier par un Solrange, grand chas-
seur devant l'Eternel, et destiné primitivement à un
rendez-vous de battues, les événements en avaient
fait la demeure des derniers du nom. Obligés de
vendre successivement leur magnifique hôtel du fau-
bourg Saint-Honoré, puis leurs terres du Poitou, ils
s'étaient retirés dans l'ancien pavillon, l'avaient quelque peu agrandi et décoré, et la vaste salle où jadis
on festoyait après la curée était devenue le salon des
aïeux. Quelques vieux tableaux représentant des
hommes en habit de cour, en robe ou en cuirasse,
des femmes en toilette de gala ou en costume monas-
tique, étaient accrochés aux murs. Dans le fond, au-
dessus d'une sorte de trône, s'étalaient les armes légèrement défraîchies qui composaient le blason de
la famille.

Cahin caha, passant d'une ornière à l'autre, avec
des heurts qui faisaient grincer les ressorts, on allait

atteindre la vieille grille branlante lorsque la marquise, d'un ton décidé, ordonna à François de rebrousser chemin et de retourner chez Mme Maurecourt.

— A Merrey ? demanda le cocher qui crut avoir mal
compris.

— Evidemment, fit la marquise avec un imperceptible haussement d'épaules.

D'un coup de rênes sec il arrêta net le pommelé
qui fléchit sur les jarrets, puis le fit tourner et, lentement, avec un geste d'une ironique compassion,
reprit la direction de Merrey.

La marquise avait réfléchi.

Elle s'ignorait peut-être elle-même, mais elle avait
du moins acquis, au cours de l'existence mondaine
qu'elle avait menée longtemps, une remarquable
finesse d'analyse. Intelligente et légèrement sévère
pour les autres, elle prenait jadis un malin plaisir à
observer les gens parfois bizarres qu'elle rencontrait
au hasard des visites et des réceptions. Elle étudiait
leurs caractères, s'occupait fort peu de leurs qualités
qu'elle trouvait naturelles, mais recherchait malicieusement leurs défauts, leurs manies, leurs ridicules.
Partant de ce principe que tout être est dissimulé,
elle estimait que la franchise elle-même n'est le plus
souvent qu'une sorte de forfanterie susceptible tout
comme le talent, le vice ou la beauté, de faire remarquer celui qui prétend l'aimer.

Grâce à cette disposition naturelle de son esprit,
qu'elle s'était particulièrement appliquée à dévelop

per, elle était arrivée à être très habile en l'art de déchiffrer le grimoire des caractères. Elle se trompait peut-être lorsqu'il s'agissait de quelqu'un n'appartenant à son entourage ni par la naissance ni par la fortune ; mais le fait était rare et lorsqu'elle « opérait » dans son monde, elle retrouvait aussitôt son infaillibilité. Cette précieuse faculté ne s'exerçait pas d'ailleurs d'une façon absolument désintéressée et dans maintes circonstances elle avait su la mettre à profit au mieux de ses intérêts. On le savait et on la craignait.

Malheureusement la mauvaise fortune l'avait obligée à abandonner les salons d'expériences. Retirée, par mesure d'économie, dans l'ancien rendez-vous de chasse de Solrange, elle n'avait trouvé comme sujet d'étude que Mme Maurecourt. Sujet vraiment nouveau, merveilleux de simplicité, et qui se prêtait admirablement à sa manie. Elle eut vite fait de le connaître à fond et c'est précisément parce qu'elle n'en ignorait aucune faiblesse qu'elle retournait à Merrey.

Elle savait que Mme Maurecourt n'avait pu résister à son orgueilleuse joie et qu'elle avait, aussitôt son départ, fait appeler sa fille pour lui conter leur entretien. Nul doute qu'elle n'eût très fortement appuyé la demande et, en ce moment, la question devait être tranchée. Il restait à savoir dans quel sens.

Jeanne avait échappé jusqu'ici à ses observations. C'était une nature droite, que le monde n'avait pas encore polluée, et dont la franchise la déroutait. Habituée à toutes les hypocrisies, elle, qui se faisait un jeu de lever les masques se trouvait désarmée devant cette figure qui n'en portait pas. La facilité d'un problème embarrasse quelquefois un mathématicien et on a vu souvent des chasseurs très adroits tirer fort mal à la cible. C'était le cas de la marquise en face de la jeune fille.

— Bah, songeait-elle pour ne pas s'avouer vaincue, elle est comme les autres. Fille d'usinier, elle s'estimera heureuse de devenir baronne.

On était arrivé. Le pommelé s'arrêta. Agile encore, malgré son âge, la marquise sauta légèrement à terre, gravit les quelques marches du perron et, sans se faire annoncer cette fois, pénétra dans le petit salon où la destinée de Jeanne venait de se décider.

Dès qu'elle fut entrée, elle comprit que l'entretien avait eu lieu et, tandis que Mme Maurecourt étonnée venait à elle :

— C'est encore moi, dit-elle... J'ai préféré attendre.

Un signe de Mme Maurecourt lui donna la réponse qu'elle désirait et l'encouragea à s'adresser à Jeanne.

— Eh bien Jeannette ?

La jeune fille, assise, les yeux secs maintenant, perdus dans l'infini d'un rêve, l'avait à peine aperçue. La question la réveilla brusquement. Elle se leva.

— Madame, dit-elle en tendant la main à la marquise, ma mère m'a exposé le but de votre visite... Monsieur le baron de Solrange demande ma main... La voici... Je vous la donne comme je la lui donnerais s'il était ici.

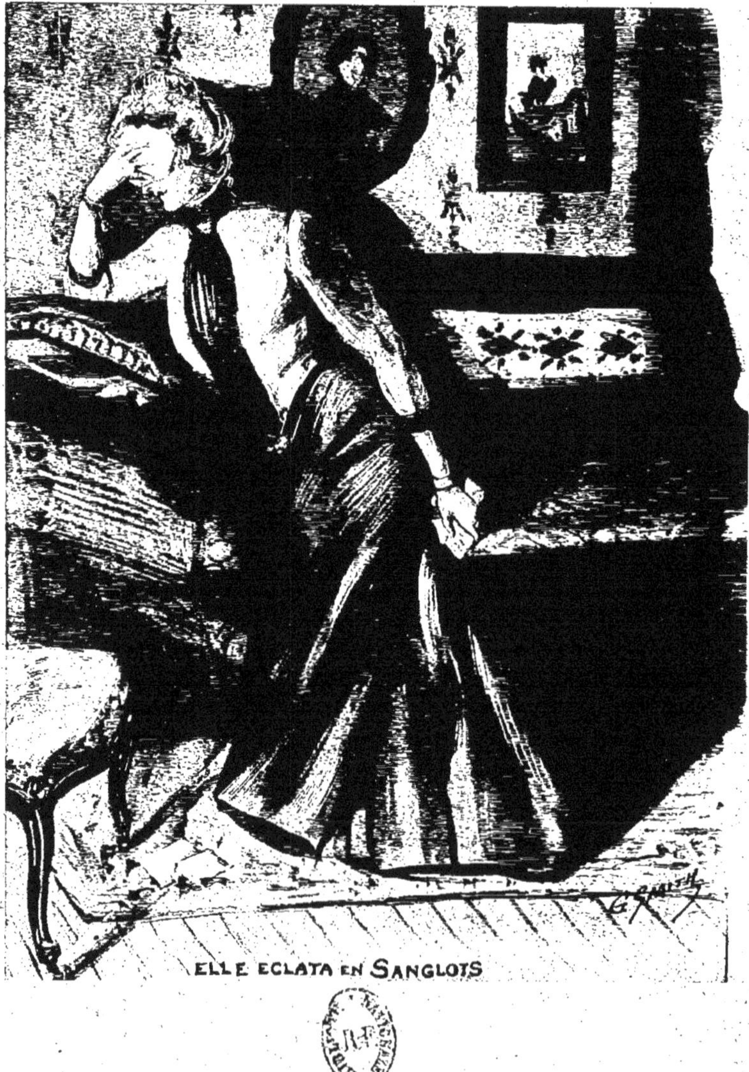

ELLE ECLATA EN SANGLOTS

BIBLIOTHÈQUE NATIONALE RF

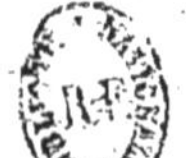

Certes, le ton sur lequel elle prononça ces paroles ne trahisait pas un grand enthousiasme, mais la marquise ne s'y arrêta pas. Elle ne voulut voir que le résultat obtenu et embrassa Mlle Maurecourt.

— Puisses-tu, ma chère enfant, te douter du bonheur que tu causes !... Comme la route va paraître longue à la messagère de cette bonne nouvelle !... Dépêchons-nous et à bientôt !

Elle serra chaleureusement la main de Mme Maurecourt qui l'accompagnait et disparut.

En montant en voiture, elle jeta un regard de dédain sur la maison et murmura avec un sourire méprisant :

— Ces bourgeois... tous les mêmes !... Vite, François !

Le cocher fit claquer son fouet, — ce qui ne lui était pas arrivé depuis longtemps, — le pommelé chercha à se rappeler comment il trottait jadis, et l'équipage reprit le chemin de Solrange.

— Tu as été un peu vite, dit en rentrant, Mme Maurecourt à sa fille... Oh, je ne veux pas parler de ce Dalvinoy !... Mais ce mariage... Rien ne te pressait !

Jeanne eut un geste de découragement.

— Si le baron de Solrange, dit-elle, est un honnête homme, — et vous me l'avez affirmé, — autant lui qu'un autre... D'ailleurs...

Une jeune fille entra en coup de vent, fraîche, souriante, les deux mains tendues. C'était Blanche Dalvinoy, l'amie de Jeanne, que celle-ci prétendait malade lorsqu'elle avait voulu mentir à sa mère pour lui cacher le réel motif de sa peine.

Quelques années après l'entrée de son fils à Saint-Cyr, le commandant Dalvinoy, bien que jeune encore, avait pris sa retraite et quitté Paris où il était en garnison pour se retirer à Merrey. Il était originaire du pays dont il devint bientôt le maire et qu'il ne devait administrer que peu de temps. Un jour, en effet, revenant de sa promenade quotidienne, il tomba de cheval. Des paysans le trouvèrent inanimé sur le bord de la route et le ramenèrent avec d'infinies précautions. La blessure était très grave, mais eut peut-être pu guérir, si des complications ne s'étaient produites qui l'emportèrent en quelques heures.

Après ce coup terrible, Mme Dalvinoy rappela près d'elle sa fille laissée à Paris, dans la même pension que Jeanne.

Les deux familles étaient très liées et lorsque, veuve à son tour, Mme Maurecourt vint, deux ans plus tard, habiter Merrey, les relations se rétablirent, fortifiées peut-être encore par le malheur. Une réelle intimité ne tarda pas à s'établir et il ne se passait guère de semaine que l'on ne se réunît pour deviser du temps passé et causer de l'avenir des enfants. Tandis que les mamans agitaient les grosses questions, Berthe et Jeanne faisaient un peu de musique ou, dans un coin, se contaient, à voix basse, ces mille riens charmants que les jeunes filles aiment à transformer en secrets. Parfois un éclat de rire partait qui faisait tressauter Mme Dalvinoy.

—Allons, les petites folles ! Qu'avez-vous à rire ainsi ? demandait la bonne dame.

—Rien, maman, répondait Blanche en regardant malicieusement la complice muette de cet évident mensonge. Et les confidences reprenaient leur train.

A l'époque des vacances, lorsqu'il était encore à Saint-Cyr, et plus tard, officier, après les grandes manœuvres, Albert Dalvinoy venait à Merrey. Il était souvent accompagné de son meilleur ami, Maurice Martillon, qui, à son tour, l'emmenait passer quelques jours dans sa famille. C'était une habitude prise dès leurs classes et qu'ils s'efforcèrent de conserver autant que le permettaient les exigences du service.

Les parties alors succédaient aux parties, les réunions aux réunions, et longtemps ils s'amusèrent ainsi comme de véritables enfants, heureux de se retrouver après quelques mois de séparation. Puis, une année, il y eut une certaine gêne, les jeux n'étaient plus empreints du même laisser-aller, les rires étaient moins sonores, les discussions moins bruyantes, et les disputes avaient disparu. A leur insu, il s'était glissé en eux un sentiment nouveau qu'ils ne tardèrent pas à analyser et auxquels ils s'abandonnèrent avec toute la force de leur jeunesse, en la pleine confiance de leur honnêteté.

Au mois de mai suivant, Albert vint seul. Il partait pour le Tonkin et avait voulu, avant d'aller chercher un peu de gloire dans cette nouvelle colonie où des révoltes éclataient encore fréquemment, embrasser sa mère et sa sœur, et revoir Jeanne.

Durant ces quelques jours, ils firent ensemble de délicieuses promenades à travers la campagne. Les mamans restaient en arrière, et Blanche, bien souvent, s'écartait pour cueillir une branche d'aubépine.

Tous deux lui avaient dit leur secret et, charitable, songeant aussi à Maurice, elle voulait du moins leur procurer les quelques instants de solitude qu'elle eût, en pareille circonstance, désirés pour elle-même.

L'amour rend bête. Quand ils étaient seuls, sûrs de se revoir le lendemain, ils ne trouvaient rien à se dire, craignant peut-être que le mot qu'ils avaient cadenassé dans leur cœur ne s'échappât malgré eux, au hasard d'une phrase banale, parmi les doléances de la prochaine séparation. Et ils se taisaient, gênés, attendant Berthe qui accrochait toujours sa robe aux épines des buissons. Puis ce fut enfin la dernière soirée. Invitées, Mme Maurecourt et sa fille avaient dîné chez les Dalvinoy. A table, il n'avait été question que du Tonkin. On avait repris la campagne dès ses débuts, évalué le nombre des victimes, rappelé des anecdotes de toutes sortes, lues un peu partout dans les journaux, raconté Bac-Ninh et Fou-Tchéou, Hanoï et Tuyen-Quan, et déploré la mort du commandant Rivière et de l'amiral Courbet. A les entendre ainsi, on eût pu croire que ces deux dames respectables et d'aspect si tranquille avaient fait partie d'une mission quelconque de la Croix Rouge ou des Dames de France et avaient réellement assisté à toutes les échauffourées dont elles contaient les péripéties avec une remarquable précision. Les jeunes filles les aidaient parfois d'une date ou d'un nom, mais n'avaient jamais besoin de venir à leur secours pour dramatiser les exploits de leurs héros. Depuis qu'Albert était là, on avait tant lu sur ces pays, si bien étudié la carte de ces régions encore dangereuses qu'on pouvait en parler avec quelque connaissance. Quant au lieutenant, qui était, dans cette circonstance, fort écouté, il taxait volontiers d'exagération ce qu'il entendait, tout en rendant cependant un respectueux hommage aux braves qui tombèrent là-bas, sous les balles et le soleil, et qu'il citait avec une admiration jalouse. Bien qu'il se rendît compte de tous les périls auxquels il allait s'exposer, il s'efforçait de les atténuer, de les amoindrir le plus possible pour calmer les appréhensions bien naturelles des siens et rassurer Jeanne. Mais celle-ci comprenait, avec cette fine intuition des amants, le sentiment qui dictait en quelque sorte ses paroles ; elle lisait au fond de lui-même tous ses affectueux mensonges, et elle lui en sut un gré infini. Aussi, quand, sous prétexte de respirer un peu, ils descendirent au jardin avec Blanche qui s'attarda volontiers dans une allée transversale, elle fut plus heureuse que jamais de se trouver seule avec lui. Et lorsque, rassemblant tout son courage, il lui avoua son amour, elle l'écouta avec délices, toute à la joie d'être aimée d'un cœur qu'elle savait noble et généreux, capable à la fois de tendresse et d'héroïsme. Simplement, sans fausse honte, elle s'appuya doucement sur son

épaule et lui rendit son baiser en lui disant tout bas .
« Moi aussi, je vous aime !... »

Le lendemain, le lieutenant Albert Dalvinoy partit
pour le Tonkin, emportant un aveu dont le souvenir
lui tiendrait compagnie durant les longues solitudes,
le réconforterait à l'heure du danger et, si le destin
dont on ne connait jamais les implacables arrêts voulait lui être funeste, adoucirait du moins ses derniers
instants.

Pendant dix-huit mois, il écrivit aussi régulièrement que le permettaient les hasards de sa nouvelle
vie et les coïncidences des paquebots avec les cour-
riers venant de l'intérieur. Chacune de ses lettres
était un véritable journal où l'on pouvait revivre
toutes les heures de son existence dont les moindres
détails étaient racontés. Il s'était battu, mais les balles
l'avaient épargné et plusieurs fois, en des moments
critiques, un miracle s'était opéré qui l'avait secouru
alors qu'il se croyait perdu. Il avait pris part à des
engagements sérieux avec les pirates, mais les indi-
quait seulement en quelques lignes, grâce auxquelles
on pouvait retrouver dans les journaux, religieuse-
ment conservés, les combats dont il parlait. Alors
souvent on rencontrait son nom et on lisait avec quel
entrain il marchait au feu, s'élançant crânement à la
tête de ses soldats qui l'aimaient et l'admiraient.
Tous ces braves gens l'avaient vu à l'œuvre, risquant
vingt fois sa peau, sans hésiter jamais, sans jamais
se plaindre. Quand la fusillade était vive et que les
balles sifflaient à ses oreilles ou venaient abattre,

avec un petit bruit sourd, quelque pauvre diable près
de lui, les vieux, les malins, ceux qui avaient déjà
« fait joujou avec la Grande Faucheuse », jetaient de
son côté, entre deux coups de fusil, un regard rapide, investigateur et moqueur à la fois. Toujours
calme, il dirigeait le feu, suivant attentivement les
mouvements de l'ennemi. A le voir ainsi, tranquillement appuyé sur son sabre, sûr de lui-même et comptant sur ses hommes, les plus peur eux reprenaient
courage ; et lorsque, d'un bond se précipitant en avant,
il donnait le signal de l'assaut, tous suivaient hardiment leur jeune chef, lui rendant en confiance et en
dévouement ce qu'il leur donnait en bravoure et en
résolution.

Voilà ce que ne disaient point ses lettres et ce qu'on
trouvait dans les journaux. Un jour, il avait été chau-
dement félicité par son général. Une autre fois, il
fut l'objet d'un ordre du jour. A Merrey, on lut et
relut la louangeuse citation, on l'apprit par cœur.

Maintenant on était sans nouvelle aucune. Mme
Dalvinoy se désolait et Mme Maurecourt la consolait
de son mieux. Jeanne et Blanche, qui n'avaient plus
de secret l'une pour l'autre, se refusaient à supposer
un malheur et conservaient malgré tout cette espérance que donne au cœur la jeunesse et l'amour.

S'il était malade, il écrirait. Mort, peut-être ?...
Cela n'était pas possible. Elles auraient été prévenues
par le gouvernement ; car elles croyaient très naïve-
ment à la sûreté et à la rapidité des informations officielles. Donc il fallait mettre ce retard sur le compte

d'une cause banale quelconque, difficulté de communications ou autre. Elles ne s'effrayaient pas outre mesure et s'efforçaient de rassurer Mme Dalvinoy dont le cœur de mère, si prompt à s'alarmer, redoutait une catastrophe.

Depuis deux mois, on vivait ainsi dans l'attente, guettant chaque jour le passage du facteur qui s'obstinait à ne glisser dans la boîte que des prospectus ou des correspondances insignifiantes.

Et voici qu'aujourd'hui deux lettres venaient brutalement rompre ce silence. L'une était d'Albert. Il annonçait son retour. A qui ?... A une inconnue, sa maîtresse, qu'il tenait à embrasser avant sa mère, avant sa sœur, et pour laquelle il oubliait Jeanne, ses aveux, son serment. L'autre était signée par cette femme. Tout en réclamant la pitié, elle disait son amour pour Albert et faisait valoir des droits qu'il était impossible de méconnaître. Tout était fini pour Jeanne. Son heureuse confiance durant la longue attente était récompensée par le martyre, et cette croix, sans supplice préalable, sans que rien lui en fît pressentir le choc douloureux, s'abattait lourdement sur ses épaules. La vie jusqu'alors si douce devenait brusquement atroce, la fatalité, distributrice aveugle des joies et des peines, plantait tout à coup, comme pour se jouer une fois de plus de l'humanité, le fer de la trahison dans un cœur ouvert tout entier à la tendresse et offrait à des lèvres trop pures le calice amer du parjure. D'une créature toute de franchise et de bonté, le sort, ignoble en ses caprices,

en fit un être prêt au mensonge et à l'hypocrisie, où
la douleur, en passant, laissa tomber une semence de
haine que le souvenir se chargerait sournoisement de
faire croître et de développer, satisfait d'avoir, lui
aussi, un rôle à jouer dans cette œuvre immonde de
la pourriture d'une âme.

*
* *

Jeanne regardait Blanche. La soudaine apparition
de la jeune fille dans le moment même où tout som-
brait en elle lui fit croire qu'elle était le jouet d'une
hallucination. Dans la tourmente de son esprit elle
oublia l'amie pour ne voir que la complice de son
bourreau. La main crispée sur le coussin du canapé,
le buste en avant, dans un beau mouvement d'indignation, elle saccada :

— Vous ?... Ici !... Non !..,

Blanche s'arrêta, terrifiée par une fixité mauvaise
du regard et le complet bouleversement de la physionomie qui écartaient toute idée de plaisanterie.

— Sortez !.. Ne revenez jamais dans cette maison...
Mme Maurecourt intervint :

— Jeanne, mon enfant...

— Allez dire à votre frère... qu'il est... un misérable !

Et comme si toute sa volonté se fût brisée dans le
suprême effort qu'elle fit pour maudire l'être aimé,
livide, elle se renversa et s'évanouit.

— Mon Dieu ! Que se passe-t-il ? demanda Blanche
en se précipitant vers son amie.

Mme Maurecourt s'empressait, dégrafant sa fille, tout en répondant :

— Ce sont ces maudites lettres... là... par terre... Ah ! certes, si j'avais su... Attendez... soutenez-la... je vais chercher des sels.

Elle courut et revint avec un flacon qu'elle fit respirer à Jeanne.

— Mon Dieu, mon Dieu, soupirait-elle... Evidemment, ma pauvre enfant, ce n'est pas votre faute... mais c'est égal, votre frère... On n'agit pas comme cela... Tenez, lisez... c'est indigne...

Jeanne fit un mouvement.

— Eh bien ? ma chérie... Voyons... regarde-moi... Là... ça va mieux...

Peu à peu, Jeanne reprit ses sens. Sa respiration se rétablit et bientôt elle ouvrit les yeux. Sa mère la soutenait toujours, appuyée contre sa poitrine, embrassant son pauvre visage encore glacé et l'appelant « son trésor. »

Blanche lisait. En toute autre circonstance, Mme Maurecourt ne lui eût jamais communiqué de semblables lettres, mais, depuis quelques heures, les émotions s'étaient succédé si rapides et si vives qu'elle en était troublée au point de perdre la notion des convenances.

Quand elle eut fini, la jeune fille était toute pâle. Un douloureux travail s'était opéré dans son esprit dont un voile venait brusquement d'être déchiré pour qu'elle pût mieux comprendre d'un seul coup une page honteuse du livre de la vie. L'âme de cette vierge eût dû être souillée par la tache de boue qui l'éclaboussait, mais, à son insu, elle était fortement trempée. Bouleversée tout d'abord, elle se remit vite d'une émotion qu'un peu plus de tact lui eût épargnée et envisagea résolûment une situation qu'elle n'aurait jamais dû soupçonner. Elle fit taire son trouble pour ne songer qu'à son frère et, frappée dans son affection, elle comprit que c'était dans cette affection même qu'elle devait puiser la force nécessaire pour résister à l'outrage et défendre l'absent.

Bravement elle dit à Mme Maurecourt :

— Le coup est aussi cruel pour nous, Madame, car mère et moi ignorions tout cela. Je ne sais ce que cette lettre signifie... Celle-ci est signée de mon frère. Pourtant je ne reconnais pas là sa véritable signature et l'écriture même ne me paraît pas être la sienne... Albert est incapable, je le jure, d'une telle infamie !... Il doit y avoir là-dessous quelque méchanceté... Confiez-moi cette lettre : peut-être ne faut-il pas perdre de temps...

Et avant que Mme Maurecourt lui répondît elle disparut, murmurant un adieu qui sembla brisé par un sanglot.

Jeanne l'avait écoutée avec l'attention anxieuse d'un malade qui cherche à lire son arrêt de vie ou de mort sur la figure de son médecin. L'indignation profondément sincère de son amie avait fait pénétrer en elle un rayon d'espoir et, toute illuminée par le doute réconfortant, elle joignit les mains :

— Maman !.., Oh ! maman,... si c'était vrai !

II

Deux ans environ avant cette scène, le baron de Solrange habitait Paris. Il y menait la vie toute de fêtes, de plaisirs et de modes qui semble l'apanage des fils de famille.

Il était de toutes les réjouissances, dépensait largement, sans compter, songeant parfois que ses revenus n'étant pas suffisants pour satisfaire à tous les besoins du luxe auquel il se prétendait condamné par sa naissance il devrait bientôt attaquer le capital. Ces réflexions cependant ne l'attristaient pas outre mesure, étant de ces gens qui comptent sur le hasard pour les tirer d'embarras.

Grand, d'allures suffisamment distinguées, quelques conquêtes dans le monde l'avaient lancé sur la pente au bout de laquelle il apercevait un fossé profond. Mais il se disait qu'en route il se rattrapperait certainement, persuadé qu'un baron de Solrange ne pouvait, comme un simple mortel, faire la culbute qui termine souvent une existence comme la sienne.

Très décoratif, il donnait le ton dans un certain monde où la coupe d'un pantalon, la couleur d'une cravate, la forme d'un chapeau sont autant de sujets d'études très approfondies, de longues et expertes discussions avec les tailleurs ou les fournisseurs.

Toutes ses modes avaient eu des succès, toutes ses

maîtresses étaient arrivées à leur hôtel et à leur
coupé. Il avait un talent particulier pour les découvrir, devinait, avec une sûreté de coup d'œil extraordinaire, parmi les pauvres filles, celles dont les désirs pouvaient être servis par leur intelligence, les
sortait du milieu dans lequel elles se débattaient,
les présentait, les patronnait, les lançait. Puis heureux des succès qu'elles obtenaient, il les abandon-
nait alors à leurs caprices, certain que ses conseils
porteraient leurs fruits et souriait intérieurement
quand du fond de leur victoria elles lui adressaient
en passant un regard où l'amour avait fait place à la
reconnaissance.

*
* *

On ignorait Claire de Gérende. Nul ne savait qui
elle était, d'où elle venait. Un beau jour, elle était
apparue dans la voiture de Solrange et cela avait
suffi. Le baron jouissait toujours d'une réputation
de grand seigneur qu'il s'efforçait de soutenir par
tous les moyens en sa possession. Son pavillon tint
donc lieu de présentation.

Grande et brune, avec un mélange de gaminerie
et de distinction, elle ne ressemblait point à celles
dont, au cercle, on connaissait les adresses. Le soir
de son « lancement » elle fut, aux petites tables,
le sujet de toutes les conversations.

Et la curiosité s'accrut du mutisme dans lequel
de Solrange se renfermait à son endroit. Ses amis
les plus intimes n'ayant pu obtenir le plus léger

renseignement, on en fut réduit à l'accepter, entourée de ce voile mystérieux qui n'était qu'un attrait de plus.

Le baron, fier de sa nouvelle conquête, ne cherchait nullement à la cacher. Il invita, et son rez-de-chaussée de la rue de Courcelles devint en peu de temps le lieu de rendez-vous select où il était de bon ton, pour tous ces désœuvrés, de se rencontrer entre cinq et sept. On prenait une tasse de thé et on causait d'un tas de choses moins intéressantes les unes que les autres.

Claire, au milieu de tout ce monde, allait et venait, toujours belle, toujours gracieuse, et infiniment spirituelle. Aux plus hardis, elle avait su faire comprendre qu'ils perdaient leur temps ; mais le refus avait été signifié de sorte qu'il ne pût blesser leur amour-propre. Ils s'estimèrent heureux encore de n'avoir pas été tout à fait congédiés et continuèrent à venir chaque jour se raconter les mille riens qu'ils considéraient comme les événements de leur vie.

Les causeries d'ailleurs ne durèrent pas longtemps.

Il fallait à ces hommes dont l'intelligence et l'instruction étaient fort au-dessous de la naissance et de la fortune autre chose qu'un échange d'idées. Sur la proposition de l'un d'eux, le jeu fit son apparition.

Ce fut alors extrordinaire de voir tous ces jeunes gens autour du tapis vert, jouant, non pour gagner, mais pour paraître surtout beaux joueurs. Car tous, à leur insu peut-être, gardaient au fond d'eux-mêmes une secrète adoration pour cette femme brune dont la présence les attirait, dont un frôlement les ravissait, dont un mot suffisait à les rendre joyeux pendant vingt-quatre heures.

On joua pour Claire.

Pendant plus d'un an, ce fut une vie de fête grâce à laquelle le baron de Solrange put trouver le crédit nécessaire pour soutenir le train dans lequel avait sombré tout son patrimoine.

Il n'y avait eu d'abord que quelques intimes comme Luc de Valréaux, le fils du richissime banquier, Gilbert de Longval, l'agent de change bien connu, le petit Siriac, le joyeux Vernoncourt ; mais peu à peu le cercle s'était élargi. Gaston s'efforçait d'amener tous ceux qu'il jugeait susceptibles de lui être utiles. Il sentait que le terrain sur lequel son insouciance et ses folies l'avaient amené était mouvant et qu'un jour ou l'autre il s'enliserait fatalement. Comme un désespéré, il cherchait les branches auxquelles il pourrait se raccrocher, et tous ses invités lui semblaient autant de planches de salut.

Claire, inconsciemment, aidait à son œuvre et reculait par sa grâce et son intelligence la terrible échéance à laquelle son amant ne pourrait pas faire face. Chaque nouvel arrivant aux réunions était une conquête sûre et le baron comptait bien en tirer profit. Pour le moment, l'autorité de leurs noms et de leurs situations lui suffisait. En homme expert il ménageait ses ressources et jusqu'alors il ne s'était

créé que des débiteurs qui, le moment venu, ne refu-
seraient certainement pas d'acquitter sous une forme
palpable la dette morale de plaisirs et de distractions
qu'ils avaient contractée envers lui.

Les thés de Claire étaient à la mode. Il n'en fallait
pas plus. Tandis que, dans le salon de jeu, sur un de
ses sourires, on jouait hardiment vingt-cinq louis,
dans la pièce voisine on causait. Hommes politiques
et littérateurs, financiers et commerçants, nobles et
roturiers venaient maintenant chaque jour passer là
quelques instants. Ils aimaient à se retrouver ainsi
dans une sorte de douce intimité d'où le bon ton,
toutefois, n'était jamais exclu, et de leurs conversations qui, grâce à Claire, ne dégénéraient jamais en
discussions, plus d'une idée prit son vol vers la tri-
bune, le livre ou les affaires.

Le baron, lui, se reposait entièrement sur sa mai-
tresse de l'organisation et de la direction de ces
réunions. Il y paraissait seulement pour cultiver habilement toutes les puissances qu'il avait su attirer
et les coaliser, si possible, contre la horde noire qui
viendrait bientôt crier sous ses fenêtres. Voici qu'il
introduisait maintenant l'armée en la personne d'un
lieutenant d'infanterie, Maurice Martillon, que l'in-
fluence de son père, gros commerçant du Sentier,
avait pu faire demeurer en garnison à Paris.

Le jeune officier n'échappa pas au charme de
Claire et, quelques jours après, sollicita la faveur de
lui présenter un de ses camarades, Albert Dalvinoy,
lieutenant également dans le même régiment. Et

C'était Blanche Dalvinon....

chaque fois que les exigences du service ou leurs travaux personnels le leur permettaient ils vinrent aussi prendre leur tasse de thé..

Ensemble, ils avaient fait leurs classes, ensemble, ils avaient passé leurs vacances, ensemble, ils étaient entrés à Saint-Cyr ; la sortie de l'Ecole les sépara. Albert fut envoyé dans le Midi ; mais il obtint bientôt de rentrer à Paris où il retrouva son ami. C'est pendant son absence que Maurice avait connu le baron. Aussi, lorsqu'il eut été débarrassé de toutes les corvées de l'arrivée, visites officielles, prise de service, etc., Maurice lui dit un jour:

— Mon cher, il faut absolument que je te présente au baron de Solrange.

— De Solrange, ce viveur enragé? fit Albert, étonné.

— Oh, tu sais, je crois qu'on en raconte plus qu'il n'en a jamais fait.

Albert l'écoutait, sceptique.

— Et puis, sa maîtresse est exquise.

— Ah, nous y voilà donc !

— Non, tu n'y es pas. Ne t'imagine pas un seul instant que je sois amoureux de Claire. D'ailleurs, je perdrais mon temps.

— On dit toujours cela.

— Mais, sapristi, puisque je te l'affirme ! riposta Maurice, agacé.

— Allons, allons, fit Albert, conciliant, ne t'emballe pas. Quel mal y aurait-il après tout à ce que tu...

— Décidément, on ne peut pas causer sérieusement avec toi. Que le diable emporte la province ! Tu n'étais pas comme ça autrefois.

— Eh bien. voyons. Je t'écoute.

— Je te dis simplement que j'ai fait la connaissance du baron de Solrange; un garçon charmant qui possède une maîtresse délicieuse et qui reçoit tous les jours de cinq à sept d'une façon ignorée jusqu'ici. Il est le neveu de la marquise qui habite là-bas, le vieux château, près de Merrey...

— Je le sais. Que veux-tu que cela me fasse ?

— Tu y viendras. Je te présenterai et je suis sûr que tu y retourneras.

— Ton Solrange ne me dit rien qui vaille. Je n'aime pas beaucoup ce genre de table ouverte, surtout lorsqu'elle est présidée par une « maîtresse. »

— Bigre ! Quel rigoriste ! Si c'est une leçon, tu as tort, car tu dois bien songer que si j'ai accepté ce n'est pas sans avoir pris au préalable quelques renseignements...

— Auprès des amis du baron.

— Et auprès d'autres. J'y puis fréquenter sans aucune honte et si je ne jugeais pas ces réunions réellement convenables et intéressantes, je suis assez ton ami pour ne pas chercher à t'y entraîner. D'ailleurs on ne m'y verrait pas aussi assidûment. Donc, ce soir, j'irai te prendre.

— Mais...

— C'est dit. A ce soir, cinq heures.

Ils se séparèrent. Albert rentra chez lui en maugréant.

— Cet animal-là, on ne peut pas s'en défaire. Enfin... j'en serai quitte pour ne pas y retourner.

A l'heure convenue, Maurice vint le prendre. Tout en rappelant de vieux souvenirs et en causant des projets d'avenir ils arrivèrent chez le baron.

Il y avait déjà nombreuse réunion quand ils entrèrent. Claire vint aussitôt à eux et Maurice présenta Albert.

— Nous vous attendions, Monsieur, dit-elle simplement. M. Martillon nous avait annoncé votre arrivée à Paris et il nous a parlé de vous, en des termes tels que nous vous connaissons déjà un peu.

Le baron arrivait.

— Tenez, Gaston, Monsieur Martillon a tenu sa promesse.

— Et je l'en remercie, dit le baron. Je suis heureux, Monsieur, de vous connaître et j'espère que vous voudrez bien accompagner souvent votre ami. Je vous préviens que vous êtes ici absolument libre. Si vous êtes joueur, la partie est engagée... Oh, tranquillisez-vous ! Ce n'est pas le « jeu », mais une distraction. Si vous ne l'aimez pas, Martillon vous présentera à nos amis et je ne doute pas un seul instant que leur société ne vous invite à revenir.

Quelques instants après les deux officiers prenaient part à la conversation générale. On causait histoire et certaine opinion parue dans un journal du jour soulevait des objections. L'auteur de l'article avait dans ce petit cercle ses partisans et ses adversaires. Albert sut les mettre d'accord et son avis fut exposé si clairement, avec une telle richesse de documentation, qu'il réunit tous les suffrages. Il avait toujours aimé l'histoire, il l'avait étudiée beaucoup plus qu'on ne le fait généralement pour se préparer aux examens militaires, il en avait fait une sorte de délassement dans lequel il se plongeait avec délices, un véritable plaisir auquel il se livrait avec ardeur. Le hasard avait voulu que, pour son entrée dans cette réunion d'hommes d'esprit, il eût à mettre à profit les résultats de ses longues études. Il le fit simplement, mais en homme qui sait plus encore qu'il ne dit et tous l'écoutèrent. Sa voix était agréable, sa parole facile et on lui savait gré surtout de ne pas étaler une érudition que malgré tout on soupçonnait.

Le baron pendant ce temps, tout en suivant les explications d'Albert, demandait à Maurice quelques renseignements. C'est ainsi qu'il apprit que la famille Dalvinoy était très liée avec Mme Maurecourt dont la fille personnifiait le plus joli parti du pays. Discrètement il rappela que sa tante possédait, non loin de Merrey, un vieux château dans lequel il allait, pendant l'hiver, passer quelques jours, juste le temps de montrer à ses amis comment, là-bas, on s'y prenait pour chasser le sanglier. Il avait aperçu deux ou trois fois Mlle Maurecourt, convint qu'elle était charmante et s'en tint là. Le point d'histoire élucidé, on causait d'autre chose. Il en profita pour passer dans le salon de jeu.

Claire avait tout d'abord cédé à un mouvement de curiosité. Elle avait suivi Albert pour mieux l'étudier. Sans mot dire, elle avait assisté à la petite discussion. Comme les autres elle avait été captivée par la parole persuasive de son nouvel invité et elle le regarda avec une attention qu'elle n'avait jusqu'ici accordée à aucun autre. Puis, quand elle le vit s'entretenir avec Jules de Galloye, l'auteur d'un roman dont tout le monde parlait et qu'elle venait de lire, elle s'approcha.

— Vous voyez, lui dit-elle, ce que sont nos réunions. Elles vous intéresseront, j'en suis convaincue, et je crois que vous n'avez pas trop à vous plaindre de celle-ci. Vous avez obtenu un véritable succès.

Il parut étonné.

— Quel succès, Madame ?

— N'est-ce donc rien d'avoir su, comme vous venez de le faire, mettre d'accord deux camps qui paraissaient fort obstinés dans des idées absolument opposées ?

— Je n'ai pas eu bien grand mérite à cela. Ces Messieurs avaient seulement négligé une nuance, imperceptible peut-être, mais dont l'importance est suffisante pour éclairer sous un jour véritable une question historique qui peut d'ailleurs, je l'avoue, prêter le flanc à mainte discussion.

La glace était rompue, on causa de choses et d'autres, au hasard des réflexions, des noms cités, des souvenirs évoqués. Albert, ayant quitté Paris pendant un certain temps, ne comprenait pas toujours les

allusions ou les mots dont l'actualité boulevardière
faisait tout le sel. Claire, gentiment, venait à son secours et lui donnait les explications nécessaires. Elle
le faisait toujours avec une réelle bonne grâce, sans
malice, sans méchanceté et son nouvel invité put
constater que pendant près d'une heure de causerie
on n'avait encore écorché personne. Prévenu comme
il l'était, il lui sut gré de lui avoir prouvé qu'il s'était
trompé.

Sept heures sonnèrent. On se sépara. Maurice et
Albert sortirent et tous deux résolurent de fausser
compagnie à leurs camarades du mess. Ils décidè-
rent d'aller dîner dans un restaurant quelconque et
de passer tranquillement ensemble la soirée. Tout en
marchant ils causèrent de la réunion.

— Eh bien, avais-je tort ? dit Maurice.

— Non certes. J'ai passé là deux heures délicieuses avec les gens les plus charmants. Mais que veux-
tu, il y en a tant de ces petits cercles où l'on rencon-
tre « Monsieur n'importe qui » que je me méfiais un
peu. A ma place tu en aurais fait autant. Songe aussi
que j'arrive de la province et mon esprit a subi là-bas
une légère patine qui ne disparait pas comme cela,
d'un coup, en frappant du talon le bitume des Boule-
vards.

— Tu verras. On peut en outre causer de Merrey
avec de Solrange. Il va quelquefois chasser chez sa
tante et sans doute au cours d'une permission auras-
tu l'occasion de te rencontrer avec lui. Il connait
Mme Maurecourt...

— Ah !

— Oui, c'est-à-dire, tu sais, sans précisément la connaître. Il l'a simplement aperçue deux ou trois fois peut-être avec Jeanne.

— Qu'en a-t-il dit ?

— Rien. Il trouve Jeanne délicieuse...

— Parbleu ! Il serait difficile, tout baron qu'il est.

— Allons, ne t'emporte pas !

— Tu ne lui as rien dit au moins ?

— Comment cela ?... Ah !... Que tu es amoureux ?... Non, ma foi, je n'y ai pas songé.

— Heureusement, car je te connais. Encore une fois, je t'en supplie, n'en parle à qui que ce soit.

— C'est entendu.

— J'y compte absolument. Jeanne ne sait rien...

— Bah !

— Que veux-tu dire ?

— Moi ?... rien si ce n'est que tu te trompes. Jeanne sait parfaitement que tu l'aimes et...

— Je ne le lui ai jamais dit !

— Allons, décidément, je vois que tous les hommes sont les mêmes et deviennent plus naïfs qu'un enfant de quatre ans lorsqu'ils sont pincés.

— Je te dis que Jeanne ne sait rien.

— Soit.

— Qu'elle ne s'est aperçue de rien.

— Parfait.

— Et elle ignore que j'ai l'intention de demander sa main.

— Et ?

— Et que j'ai raison de te prier de n'en souffler mot à personne, au baron de Solrange moins qu'à quiconque puisqu'il peut d'un moment à l'autre aller à Merrey et, révéler, sans le vouloir, un secret que je cache soigneusement et que tu es seul à connaître...

— Avec Jeanne...

— Tu es agaçant à la fin.

— Et toi tu deviens bête, Jeanne sait que tu l'aimes et, je te dirai même mieux, elle te paie de la même monnaie.

— Ah, si j'en étais sûr !

— Sois-le.

— Sur quoi te bases-tu ?

— Mon cher, moi, je ne suis rien dans l'affaire. J'ai par conséquent d'excellentes raison d'y voir plus clair que vous. Vous jouez au plus fin tous les deux avec un désir fou d'être démasqués l'un par l'autre. Je m'y intéresse parce que tu es mon meilleur ami et que j'aime beaucoup les Maurecourt, et intérieurement je ris.

— Il n'y a pas de quoi, dit Albert d'un ton pincé.

— Oh ! si tu étais à ma place ! Enfin tu m'as demandé de ne rien révéler, je ne dirai rien. Tiens, entrons ici. On n'y est pas mal et le service est assez rapide.

Ils pénétrèrent dans un restaurant et allèrent s'installer à une petite table de deux, dans un coin où personne ne viendrait les déranger. Tout en dînant, ils causèrent de la réunion d'où ils sortaient. Ils passèrent en revue successivement tous ceux qu'ils y avaient rencontrés.

— Que penses-tu de Solrange ? demanda Maurice.

— Je l'ai à peine aperçu et encore moins entendu.

— Tu verras, c'est un homme charmant.

— Possible.

— Et Claire ?

— Pas ordinaire. Je m'attendais à moins. Elle paraît être fort au-dessus de toutes celles qui, comme elle, sont les maîtresses d'hommes du monde. Pas très jolie, mais fort gracieuse. Sa conversation n'a pas la banalité de beaucoup et elle me paraît posséder une instruction assez solide. Nous avons causé quelques instants ensemble et j'y ai pris un réel plaisir. Cela vous change tellement !

— C'est vrai, on n'y est pas habitué.

Après le café, ils allèrent achever le cigare sur le boulevard et se séparèrent.

Albert retourna quelques jours après chez de Solrange, puis ses visites se rapprochèrent et il en arriva à être un des habitués. Maurice le plaisantait souvent, lui disant :

— Te rappelles-tu ? A mon tour maintenant : « Méfie-toi ! »

— C'est inutile. J'aime à me rencontrer avec des hommes d'esprit chez une femme spirituelle, mais c'est tout ; et je songe trop au petit salon de Merrey pour que l'attrait que je trouve à celui-ci me le fasse oublier.

Plusieurs mois s'écoulèrent ainsi.

Albert sentait naître en lui une vive sympathie pour Claire chez laquelle chaque jour il découvrait de nouvelles qualités. Il ne s'effrayait pas de ce sentiment nouveau qu'il éprouvait car, après avoir bien examiné le fond de son âme, il conclut rapidement et sûrement qu'il n'était dû qu'à une sorte de satisfaction bizarre. Il était heureux de la connaître pour les heures charmantes qu'il passait chez elle et il était également content pour elle. Il ne se faisait aucune illusion. Ignorant, comme les autres, les origines de la jeune femme, il ne cherchait pas à les découvrir mais il ne la considérait que comme une maîtresse que de Solrange avait eu la grande chance de découvrir.

Claire, de son côté, n'était pas demeurée insensible. Le jeune officier l'attirait sans qu'elle s'en rendit autrement compte que par le plaisir qu'elle trouvait à causer avec lui. Certes, elle n'était pas prude et connaissait les hommes ; tous les jours elle était l'objet de mille et une attentions délicates dont la moindre disait assez les intentions que l'on avait à son égard. Elle feignait n'y point prendre garde mais de telle sorte qu'elle laissait croire qu'elle n'était pas invulnérable. Grâce à ce jeu qu'elle avait su admirablement mener, elle avait obtenu ce résultat curieux de la réunion chez elle de gens bien élevés, instruits ou spirituels, la plupart amoureux, mais tous fort respectueux.

Albert lui échappa. Le plaisir qu'il prenait à venir n'était point celui des autres. Elle sentait qu'elle

y était étrangère. C'était son esprit, son affabilité,
sa grâce peut-être qui lui plaisaient, mais c'était tout.
Seul entre tous, il eut peut-être hésité si elle lui eût
offert d'être sa maîtresse.

Et elle se prit à l'aimer.

Elle l'aima follement, comme elle ne se croyait pas
capable d'aimer. Elle prit, en outre, la résolution de
ne jamais le lui laisser soupçonner et elle goûta à ce
supplice une joie voluptueuse qui ne fit qu'accroître
son amour.

. . . .

Un jour, Maurice Martillon lui remit, en arrivant
un petit paquet soigneusement enveloppé.

— J'ai une mauvaise nouvelle à vous apprendre,
lui dit-il. Dalvinoy est parti hier soir pour Marseille... Mais qu'avez-vous ?... Vous pâlissez... Je ne
croyais pas...

— Ce n'est rien, lui répondit-elle. Depuis ce matin,
je ne suis pas bien du tout. Je ne sais ce que j'ai,
mais voilà la quatrième ou cinquième fois que des
étourdissements m'aveuglent... et il me semble qu'on
me serre la poitrine dans un étau — Comment, Monsieur Dalvinoy est parti ?... comme cela... sans même
dire au revoir ?

— Dalvinoy, vous le savez, ne ressemble pas à tout
le monde. C'est un caractère, mais un caractère absolument à part. Depuis quelque temps il faisait des
démarches pour partir aux colonies. Le Tonkin est
bon en ce moment, il a pu obtenir d'y aller gagner

un peu d'avancement et peut-être plus... à moins qu'il n'en revienne jamais.

— Oh ! ne dites pas cela !

— Sait-on ce que l'on va trouver là-bas ?... Enfin voilà. Vous comprenez que, avant de partir, il a eu une foule de courses de toutes sortes à faire.

— C'est égal, il aurait pu...

— Ecoutez. Il ne se rend pas directement à Marseille. Il va passer trois ou quatre jours chez lui. Si vous saviez combien il aime sa mère et sa sœur, vous ne seriez pas surprise de le voir, dans une circonstance comme celle-ci, leur sacrifier un peu les autres.

— C'est vrai, il a raison.

— Ah ! je lui écrirai cela. Le pauvre diable serait bien venu, mais, dans la journée il n'était pas sûr de vous rencontrer. Alors il m'a chargé de ce petit bibelot pour vous. « Tu sais, m'a-t-il dit, ce n'est pas grand chose, mais je la connais. Elle attache plus de valeur au souvenir qu'à l'objet lui-même et c'est un souvenir que je lui envoie. Tu lui diras que je la remercie pour toutes les heures délicieuses que j'ai passées chez elle, parmi vous, avec elle. Tu lui diras... tout ce que tu voudras, elle comprendra. » Vous voyez, je m'acquitte de ma mission.

— J'aurais bien voulu le voir... Pourquoi faut-il que ce soit lui qui parte ?

— Merci pour les autres, répondit Maurice en riant. Mais, chère Madame, c'est bien lui qui l'a voulu.

— Allons, ne grondez pas. Vous restez, vous ?

— Hélas, il n'y avait qu'une place, il l'a obtenue.

— Tant mieux. Ne faites pas attention à ce que je viens de vous dire. Depuis ce matin je suis nerveuse, sans savoir pourquoi.

Quand, dans le petit cercle, Maurice et Claire annoncèrent le départ d'Albert, ce fut une explosion d'étonnement et de regret. Il avait su en effet se créer des amis et beaucoup d'entre eux avaient plaisir à s'entretenir avec lui d'une foule de questions dans lesquelles il apportait une sûreté de jugement qu'il était étonnant de rencontrer chez un homme de son âge. Il eut, pendant une heure, l'honneur d'être l'objet des conversations et même, au salon de jeu, on s'arrêta une minute pour marquer la stupéfaction. Et ce fut tout. Le lendemain et deux ou trois jours après on en parla, puis son nom ne fut plus prononcé que de temps à autre, et bientôt il fut oublié.

Seule, Claire se souvenait et parfois demandait à Maurice des nouvelles de son ami. Alors celui-ci lui montrait les journaux où Albert était cité, ou lui lisait quelques passages de la dernière lettre reçue.

Les mois s'écoulèrent ainsi, avec la lourde monotonie de la vie. Des figures disparurent, d'autres les remplacèrent sans que rien ne vînt troubler la quiétude des petites réunions, toujours suivies, toujours recherchées.

Un jour enfin, Maurice trouva en arrivant une expression bizarre dans les physionomies. Une atmosphère de gêne le saisit dès l'entrée, et il sentit que quelque chose grave venait de se passer.

Dès qu'on l'aperçut :

— Eh bien ?... vous savez ?

— Non. De quoi s'agit-il ?

— Le baron est parti.

— Ah !... Mais comment l'entendez-vous ?

— Parti... filé... comme ça... à l'anglaise.

— Ruiné probablement.

— Hein ?... Qui l'eut dit ?

L'un d'eux appuya :

— Je m'y attendais un peu. Il y a quelque temps, il me laissa entendre qu'il avait certains petits soucis pécuniaires.

— Oui, c'est possible, mais de là à...

— Assurément.

— Et vous lui êtes venu en aide ? interrogea Maurice.

— Pas du tout. Dès qu'il m'eut fait part de son embarras, je me renseignai. Vous comprenez, je ne voulais pas me lancer à l'aveuglette. J'appris alors que M. de Solrange cachait un homme tout autre que celui que nous connaissions.

A ces mots le cercle se resserra aussitôt et ce fut un spectacle qui répugna à Maurice. Pendant plus d'un an, tous ces hommes, ou tout au moins un grand nombre d'entre eux, avaient remercié chaque jour le baron de l'accueil qu'ils trouvaient chez lui ; pendant plus d'un an, chaque jour, ils étaient venus boire son thé et croquer quelques gâteaux ; pendant plus d'un an, chaque jour, ils avaient satisfait leur plaisir favori, les uns en jouant, les autres en causant de tout ce qui pouvait les intéresser avec des hommes presque toujours spirituels. Aujourd'hui, chacun savait. Il avait suffi d'un mot pour lâcher sur le malheureux une bordée de honte et d'ignominie. On épuisa à son endroit tout un vocabulaire spécial et on en conclut qu'il était le plus parfait type du rastaquouère.

— Et Claire ? demanda Maurice.

— C'est un coup terrible pour elle, car maintenant que va-t-elle faire ?

— Oh ! elle n'est pas embarrassée, insinua quelqu'un.

— En attendant, dit Gilbert de Longval, même dans cette pénible circonstance, elle trouve encore le moyen de se montrer telle que nous l'avons toujours connue. Elle nous a laissé un mot par lequel elle s'excuse de ne pouvoir être parmi nous ce soir.

Ce fut la débandade. Apeurés à l'idée d'être qualifiés d'amis du baron, la plupart de ces gens qui jusqu'ici l'avaient flatté, ne connurent plus le chemin de sa demeure. Ils craignaient d'être compromis par le seul fait de l'avoir connu et s'efforcèrent de l'oublier.

Quelques fidèles demeurèrent, mais avec le vague espoir, nourri en secret depuis si longtemps, que Claire se déciderait enfin et qu'elle choisirait un successeur à celui qui l'avait abandonnée.

— C'est égal, il aurait pu nous prévenir, dit un jour Luc de Valréaux, d'un ton désappointé.

— Mon cher, observa philosophiquement de Longval, dans des circonstances comme celle-là, on ne songe guère aux autres. Ne pouvant plus soutenir le train de vie qu'il avait mené jusqu'ici ni conserver une maîtresse comme Claire, il a pris la seule résolution susceptible de liquider la situation pénible dans laquelle il se trouvait. Il a brusquement tout lâché et, sans crier gare, est tout bonnement retourné dans ses terres.

— Quelles terres? demanda le fils du banquier.

— Dites donc, fit Maurice un peu moqueur, seriez-vous de ses créanciers ?

— C'est vrai, répondit de Valréaux. J'aime autant vous l'avouer car, franchement, je m'aperçois à chaque minute un peu plus qu'il m'a trompé.

— Je voudrais bien savoir ce qu'il a fait écrire à Claire, la veille de son départ ! dit de Longval.

— Quelque bêtise, parbleu ! répondit de Valréaux. Pourvu qu'il ne lui ait pas fait signer de papier ayant une valeur commerciale quelconque !... Il en était bien capable.

— Vous auriez dû vous renseigner, remarqua Maurice. Ne serait-ce que pour Claire.

— Bah, tant pis !... Je me méfie cependant. J'ai remarqué qu'au cours de cette petite soirée qu'il donnait sans doute en guise d'adieu...

— Une soirée ? interrogea Maurice.

— Oui. Nous étions là quelques-uns. On ne vous avait pas vu ce jour-là, sinon vous seriez resté parmi nous... On dîna, on prit café et thé... Or, vous disais-je, j'ai remarqué que de Solrange invitait sa maîtresse à vider très fréquemment son verre. Sur le

CLAIRE DE GÉRANDE....

BIBLIOTHÈQUE NATIONALE R.F.

moment cela me surprit, mais bientôt je n'y fis plus
attention... Il est vrai que moi-même j'étais un peu...
— Bravo! dit Maurice en riant.
— Oh, cela m'arrive si rarement! fit ingénûment
de Valréaux. Enfin il l'emmena dans leur chambre à
coucher et, me trouvant non loin de la porte, je pus
entendre ou tout au moins comprendre qu'il lui faisait écrire sous sa dictée... Quoi?... Je l'ignore...
j'y songe maintenant parce que je crains que la
pauvre Claire ne se soit laissée duper...
— Vous ne lui en avez pas parlé? demanda de
Longval.
— Si, mais elle me répondit qu'elle se rappelait
vaguement en effet qu'il lui avait parlé d'une bonne
farce destinée à un de ses amis sur le point de se marier... Et c'est tout.
— C'est possible, dit Maurice. Il ne faut pas toujours voir plus de mal qu'il n'y en a... C'est égal,
mon pauvre ami, je ne donnerais pas lourd de votre
créance.
— Mais ses terres, disiez-vous?
— Ses terres ne sont pas à lui. Là-bas, en province,
à Merrey, dans l'Est, sa tante, la marquise de Sol-
range, possède un vieux château...
— Avec des bois?
— Précisément.
— Et ce n'est pas au baron?
— Pas le moins du monde.
— Le monstre!
— Vous l'avez dit.

*
* *

Dans le salon on causait. Il y avait peu d'anciens amis. La table de jeu était désertée. Ceux qui étaient là semblaient attendre une décision. En effet, depuis la fuite du baron, Claire avait vécu sans manifester le moindre souci. Cela ne pouvait durer longtemps. Il arriverait un moment où, elle aussi, à bout de ressources, se verrait obligée de choisir parmi ceux qui lui étaient restés fidèles. Fort amicalement, ils s'entretenaient des menus faits du jour, évitant avec soin de causer d'elle, mais chacun surveillant les moindres gestes, écoutant et pesant les moindres paroles. On supputait les chances, on escomptait les hasards, et à ce petit jeu, on aurait fini par se haïr si l'objet de toutes ces manœuvres et de tous ces désirs n'avait fait un choix que personne n'avait pu envisager.

Le vicomte Jean d'Argeray prit un jour la succession tant convoitée. Toutefois, Claire ayant exigé que rien ne fût bouleversé dans sa vie, son nouvel amant avait acquiescé à sa demande. En quelques mots il avait été mis au courant de la situation et, certain de la fidélité de sa maîtresse, il avait accepté sans arrière-pensée le cortège de soupirants que son élection avait un instant surpris. De part et d'autre cependant on s'observa, puis tout rentra dans le calme. Seul le nom de l'amphitryon était changé. On avait causé, on avait jasé, on avait parfois soupé chez le baron de Solrange, on causa, on joua, et de temps en temps on soupa chez le vicomte d'Argeray.

La nouvelle existence dura un an. Pendant ce

temps Maurice avait reçu des lettres du Tonkin où Albert travaillait de son mieux contre les pirates. Il avait souvent demandé à Claire l'explication de la dernière soirée passée avec le baron, mais Claire, de très bonne foi d'ailleurs, n'avait jamais pu se souvenir de façon assez précise.

— Ecoutez, lui dit-elle enfin un jour, mais ne me grondez pas trop. Je vous ai dit que j'ignorais ce qui s'était passé. C'est vrai. Ce soir-là j'étais grise...

— Vous ? exclama Maurice.

— Cela vous étonne, n'est-ce pas ? Moi aussi. Il m'avait grisée et il devait avoir, pour agir ainsi, quelque idée en tête. J'y songe bien souvent... Si seulement je pouvais savoir ou me rappeler ce qu'il m'a fait écrire !... Mais je ne me souviens plus pourquoi cette lettre, ni même à qui elle était destinée. C'est tout ce que je puis vous dire. Quand vous écrirez à M. Dalvinoy, ne m'oubliez pas et... vous savez qu'il sera toujours le bienvenu ici.

Peu de temps après cette confession, Claire se retrouvait seule. Le vicomte se mariait. De nouveau la succession était ouverte, et de nouveau, la table de jeu fut abandonnée pour le petit salon où les adversaires pouvaient plus commodément se surveiller.

Alors ce fut le désarroi. Claire qui s'était toujours efforcée de maintenir par le désir de sa possession le bon accord entre tous ses adorateurs, se vit obligée à faire un choix parmi eux. Tour à tour elle se donna à tous. Ce ne fut plus la maîtresse, mais la courtisane, toujours gracieuse, mais chaque jour un peu plus fille.

La lutte s'engagea et les victimes furent nombreuses. On cita quelques noms ruinés, on parla du petit
dé Vernoncourt qui s'était suicidé pour elle, et chaque scandale ajoutait encore à cette sorte de noto-
riété terrible qui fait le charme dangereux d'une
femme dont les faveurs semblent être, pour celui qui
en jouit, une source d'irrémédiables désastres.

Quelques-uns, plus malins, avaient su s'échapper,
mais ils n'avaient pu se soustraire à l'attirance étrange
qu'elle exerçait. Après avoir été ses amants, ils rede-
venaient ses convives et rarement, au cours des conversations, ils évoquaient l'ère trop courte de leur
règne.

Ce fut à cette époque que Maurice qui, seul peut-
être de tous les anciens habitués des premières réunions, s'était contenté de rester l'ami de Claire, reçut
d'Albert une lettre le prévenant que bientôt il serait
de retour.

Maurice en ressentit une véritable joie et il songea
au bonheur que ce retour allait causer à Merrey où,
lui-aussi, se transportait souvent dans ses rêves.
L'arrivée d'Albert changerait peut-être bien des
choses. En tout cas il ne pouvait rien augurer que
de bon.

Lorsqu'il fut fixé sur l'heure à laquelle son ami
débarquerait, il en fit part à Claire qui ne put cacher
le plaisir qu'elle éprouvait à cette nouvelle.

— Brave fille, murmura Maurice en la quittant.
Quel dommage que la vie se soit montrée si dure à
son égard !

Albert arriva enfin. Maurice l'attendait à la gare et les deux officiers s'embrassèrent.

— Te voilà. Sapristi, j'ai eu peur souvent de ne jamais te revoir. Dis donc, tu vas en avoir un tas de choses à raconter ! C'est égal, mon vieux, j'ai lu tout ce que tu as fait là-bas et, franchement, tu n'as pas volé ta croix.

— Mais, tais-toi, mon pauvre Maurice ! J'ai eu de la chance, voilà tout. A ma place, toi et quantité d'autres, en auriez fait tout autant.

Ils passèrent la soirée ensemble, Albert ayant peine à répondre à toutes les questions de Maurice.

— A propos, tu n'as rien écrit à Merrey, au moins ?

— Rien, répondit Maurice.

— Tant mieux. Je ne leur ai pas donné de mes nouvelles depuis quelque temps, alors tu vois d'ici la surprise.

— Oui, et elles doivent être bien inquiètes ?

— C'est vrai, mais franchement je me réjouis trop d'arriver là-bas, comme cela, sans crier gare. Dans quelques jours d'ailleurs je compte sur toi. Demande une permission et viens nous surprendre.

Et le regardant bien dans les yeux :

— Je n'ai pas besoin de te dire que tu seras bien accueilli.

Maurice rougit un peu en promettant. Une poignée de main et ils se séparèrent.

Claire avait attendu Albert. Elle espérait qu'il viendrait la voir, mais il avait eu tant de choses à faire que, malgré toute sa bonne volonté, il n'avait

pu trouver une heure de liberté et de tranquillité.
Elle se décida à lui écrire.

Quand Albert reçut son petit bleu, il constata qu'en
effet il y avait déjà huit jours qu'il était à Paris et
qu'il pourrait, ainsi d'ailleurs que Maurice l'en avait
prié, lui faire une visite qui n'aurait assurément
d'autre caractère que celui d'un bon souvenir.

Il se rendrait donc à l'aimable invitation de la jeune
femme. Il retrouverait là quelques anciennes figures
de connaissance, malgré qu'il ait appris tous les changements survenus pendant son absence. Et il lui
adressa un petit bleu pour la prévenir.

*
* *

Le baron de Solrange s'était retiré à Merrey. Quelques jours avant sa rupture avec Claire, n'apercevant
aucune planche de salut, il était allé voir sa tante et
lui avait franchement exposé la situation désespérée
dans laquelle il s'était plongé. La marquise ne lui fit
aucun reproche, elle déplora seulement sa dispari-
tion forcée d'un monde où elle aurait souhaité le voir
briller. Après avoir longuement réfléchi, elle constata
qu'un mariage riche pouvait seul rendre au nom un
peu de son ancien lustre et elle chercha l'héritière
indispensable à ce projet. Traqué, acculé, Gaston ne
présenta aucune objection. Aussi bien voyait-il tout
d'abord le moyen de faire ainsi patienter les plus me-
naçants de ses créanciers, et la perspective de reprendre à Paris le rang qu'il se croyait obligé de tenir lui
souriait suffisamment pour qu'il acceptât sans hésiter

la solution proposée par sa tante. Tous deux convinrent qu'ils trouveraient difficilement, dans l'aristocratie, la jeune fille désirée. Restait la bourgeoisie. C'est alors que la marquise songea à Jeanne Maurecourt.

— Seulement, dit la vieille dame à son neveu, la place ne sera peut-être pas aussi facile à enlever que nous le croyons.

— Pourquoi? interrogea Gaston.

— Jeanne aime le lieutenant Dalvinoy que tu connais...

— Il est au Tonkin !

— Il en reviendra.

— Mais, d'ici là ?

— Rien à faire. Je la connais. A moins qu'une circonstance, un événement que nous ne pouvons prévoir change ses sentiments, elle lui restera fidèle.

— Peut-être pourriez-vous cependant, sans trop vous avancer, laisser entendre que, par exemple, baronne de Solrange sonne mieux que Mme Dalvinoy.

— Mon pauvre ami ! Avec sa mère, oui, cela irait tout seul. Mais la petite a des idées bien arrêtées. Enfin nous aviserons. Ne parle de cela à personne et laisse-moi agir. Si toutefois tu trouves un moyen quelconque, pratique et infaillible, fais-m'en part. Ce serait bien extraordinaire que nous n'arrivions pas à nos fins si nous voulons absolument sortir de l'impasse dangereuse dans laquelle tu t'es engagé.

Le baron revint à Paris. Désormais, son parti était

pris. Il quitterait brusquement Claire et ses amis qui n'avaient su ou voulu lui tendre la main, et il reviendrait dans les terres de Solrange attendre l'occasion favorable qui ne pouvait manquer de se présenter. Il profita du peu de temps que son crédit lui laissait encore pour obtenir habilement de Maurice Martillon tous les renseignements désirables. Il sut ainsi, sans que l'autre pût deviner la moindre intention, quelles étaient exactement les relations des Maurecourt et des Dalvinoy. Il comprit qu'il faudrait frapper un grand coup et, dès lors, jour et nuit chercha la combinaison, honnête ou canaille, qui ferait tomber Jeanne dans ses filets.

Son imagination avait épuisé toutes les ressources ordinairement employées et il commençait à désespérer lorsqu'il eut l'idée d'une lettre, non pas anonyme, mais dûment signée d'une femme qui voudrait bien se poser en maîtresse abandonnée. Le hasard le servit. Il crut supprendre chez Claire une nuance de sentiment tendre pour Albert Dalvinoy et il sourit à la pensée de se servir d'elle. Il n'eut plus qu'un but : lui faire écrire la lettre qu'il dicterait et qu'elle signerait de son vrai nom : Berthe Dorval. Une fois en possession de la missive, il en userait lorsqu'il jugerait le moment opportun. Son plan bien arrêté, il obtint de la jeune femme, en la grisant un peu, la veille du jour où il la quitta brutalement, les quelques lignes qui devaient jeter le trouble et le désespoir dans l'âme de Jeanne Maurecourt.

Lorsqu'il retourna à Merrey et qu'il expliqua à sa

tante son machiavélique projet elle ne put que l'applaudir.

— Je ne te croyais pas si fort, lui dit-elle.

— C'est simple, répondit-il. La difficulté résidait dans le moment où il serait utile de faire parvenir ce petit poulet. Heureusement, j'ai appris par Martillon que Dalvinoy en avait encore pour un an. C'est tout ce qu'il nous faut pour bien préparer nos atouts. Je saurai, par un ami que j'ai au ministère, à quelle époque exactement notre rival rentrera et, crac ! le jour où il mettra le pied en France, je mets, moi, cette lettre à la poste de Paris, à l'adresse que vous savez. Vous dites que cette petite bourgeoise est fière. Tant mieux. Elle n'en sera que plus profondément touchée. Après cela, son beau lieutenant pourra venir. Avec un caractère comme celui que vous m'avez dépeint, il y a bien des chances pour qu'elle le renvoie chez les Chinois. Et puis, enfin, quand elle aura à choisir entre un homme de ma race et un roturier parjure, si galonné qu'il soit, c'est bien le diable si elle ne me donne la préférence... Allez, ma tante, cette fois, je crois que nous avons conjuré le mauvais sort qui me poursuit depuis si longtemps. D'ailleurs, ajouta-t-il gracieusement, avec vous comment ne pas vaincre ?...

La tante et le neveu s'embrassèrent. La canaillerie de l'un pouvait s'allier à l'experte roublardise de l'autre.

Durant toute une année ils attendirent. Tandis

que le baron, pour mieux inspirer l'estime et la confiance, se montrait rarement, la marquise multipliait des visites, dont la mère de Jeanne fut on ne peut plus flattée. Les relations s'établirent ainsi, pour la très grande joie des deux femmes, et prirent presque une allure de cordialité qui ravit d'aise la veuve du manufacturier. La marquise savait à merveille jouer avec la vanité des gens et elle affectait parfois de demeurer quelque temps sans venir à Merrey, certaine d'être ainsi plus désirée.

Le baron reçut enfin un mot de son ami du ministère, le prévenant que le paquebot sur lequel se trouvait le lieutenant Dalvinoy était en route pour la France. Il calcula l'époque à laquelle il débarquerait et, le jour venu, alla à Paris accomplir son méfait. Imitant du mieux qu'il put l'écriture de son rival, il écrivit un billet très court qu'il signa Albert et qui, d'après son plan eut dû être adressé à Claire pour la prévenir. Il le joignit à la lettre qu'il avait déjà, adressa le tout à Jeanne Maurecourt et reprit tranquillement le train pour Merrey, souriant à la pensée que bientôt, grâce à ces faux, il reviendrait victorieux dans la capitale. Le lendemain, l'effet qu'il en espérait se produisait et il était enfin le fiancé d'une héritière.

* *

Dès qu'elle fut en possession de ces lettres, après la scène qui avait coûté à Jeanne tant de larmes, Blanche Dalvinoy, avec cette intuition particulière aux femmes, soupçonna une infamie. Elle voulut l'épargner à sa mère et se décida à écrire à Maurice Martillon. C'était le seul à qui elle pouvait en toute sécurité confier ce secret, car c'était un ami des jeunes années dont l'affection pour son frère ne s'était jamais démentie. Elle lui fit parvenir les lettres, lui racontant comment elle avait appris les fiançailles de Jeanne avec le baron de Solrange, lui disant aussi ses soupçons, lui demandant surtout un conseil.

Maurice comprit le danger qui menaçait Albert et se rendit immédiatement chez lui.

Au moment où il arriva Dalvinoy se disposait à aller faire à Claire la visite qu'elle réclamait.

— Cela tombe à merveille, dit Maurice. Mais auparavant, causons. Je viens de recevoir ceci de ta sœur.

Il lui tendit les lettres qu'Albert parcourut rapidement.

— La saleté ! s'écria-t-il, pâle de colère... La saleté ! Et moi qui allais m'excuser !...

— Du calme surtout, fit Maurice. Avant d'accuser, il faut être sûr. Je t'accompagnerai, si tu le veux, et telle que je la connais, elle nous donnera très franchement le mot de cette énigme.

— Vite, alors ! dit Albert.

— Tu vois, tout cela ne serait peut-être pas arrivé si tu avais prévenu là-bas.

— Qu'importe. Cela n'en existerait pas moins et je veux savoir... Ah, malheur au lâche qui a osé !...

Dans la rue ils hélèrent un fiacre qui les emmena rapidement rue de Courcelles.

Il y avait réunion habituelle dans le petit salon : Claire avait reçu le mot d'Albert mais n'avait pas osé fermer sa porte, comptant bien trouver un prétexte pour éloigner joueurs et causeurs avant l'arrivée de celui qu'elle attendait avec tant d'impatience. Un instant elle avait pris part au jeu, puis tout à coup elle se leva, résolue à brusquer un peu le départ.

— Vous ne jouez plus ? lui demanda Luc de Valréaux. Pourquoi ?... Est-ce que la chance ne vous favorise pas ?

— La chance ! répondit Claire... je m'en moque. Si je gagne, tant mieux... Si je perds... vous êtes plusieurs pour payer. Non, je ne joue plus tout simplement parce que ce jeu m'ennuie.

— Voulez-vous que nous changions ? proposa Luc.

— C'est inutile. Il vous intéresse, continuez et ne vous occupez pas de moi.

Tandis que les joueurs reprenaient leur partie, la jeune femme alla dans le salon voisin et se mit au piano. Mais elle ne trouvait aucun morceau à son gré.

— Non, pas celui-là... trop triste !

Et elle le rejeta pour en reprendre un autre.

— Oh, celui-ci !... le morceau préféré de mon professeur qui me le joue à chaque leçon... sans doute parce que je ne puis y arriver... C'est qu'il est difficile !

Elle essaya, plaqua quelques accords, esquissa un motif, puis abandonna.

— Ah ça, en trouverai-je un ?,..

Les joueurs continuaient et Gilbert de Longval perdait.

— Quelle guigne ! gémit-il après un coup assez gros... C'est ce piano... J'écoute et je ne sais plus ce que je fais.

Claire avait entendu. Elle revint :

— Vous ai-je empêché, dit-elle, de jouer parce que cela m'ennuyait ?... Le piano m'amuse... Je regrette qu'il vous déplaise.

— Si encore, riposta Gilbert, vous jouiez quelque chose !

— Venez me l'apprendre, fit Claire moqueuse.

— Je ne connais pas cet instrument, dit Gilbert dédaigneux.

— Cela ne m'étonne pas.

— Que dites-vous ?

— Ce que vous voudrez.

Luc de Valréaux crut devoir intervenir.

— Voyons, Claire, ne vous fâchez pas.

— C'est une peine, dit-elle, que je ne veux pas me donner. Si mon piano déplaît à Monsieur de Longval, il a un moyen bien simple de ne plus l'entendre.

— Vous me chassez ? interrogea Gilbert.

— Moi ? répondit Claire, pas du tout. Que vous restiez, que vous partiez, cela m'est absolument indifférent.

— Vous n'avez pas toujours eu de pareils sentiments à mon égard.

Claire se redressa, cinglée par cette fatuité ridi-
cule.

— Vous avez été, dit-elle, mon amant pendant
huit jours, c'est vrai. Ce fut une bêtise de ma part.
Je vois que vous tenez à ce que je m'en repente...
Je le fais bien sincèrement, je vous assure.

— Vous êtes de fort méchante humeur aujour-
d'hui.

— A qui la faute?

Luc jugea qu'il fallait mettre fin à la discussion.

— Jouez-vous encore, Gilbert? demanda-t-il.

— Non, merci, répondit celui-ci.

— Eh bien, partons. Cela vaudra mieux. Vous
vous disputeriez encore, quoique, au fond...

— Oh, moi! fit Claire d'un ton dégagé.

— Charmant! dit Gilbert. Mais, ajouta-t-il d'un
air pincé, je ne remettrai jamais les pieds ici.

— Vous? allons donc!

— Je vous le jure, Madame... Adieu.

— Au revoir, Claire, dit Luc.

— A vous, je dis : Au revoir !

Et sceptique, indiquant du regard Gilbert, elle
ajouta en souriant :

— Encore un amour enterré!

Luc et Gilbert sortirent.

Lorsqu'elle fut seule, Claire se laissa tomber sur
une causeuse :

— L'imbécile! murmura-t-elle. Et dire que presque tous ceux qui viennent ici lui ressemblent ! Heureusement d'ailleurs, car, sans cela, aurais-je tout ce bien-être ?... Encore il en est de pardonnables. Mais de Longval !... Il a une femme charmante, jolie — plus que moi — et qui l'aime de toute de son âme. Ses deux enfants sont les plus ravissants bébés qu'on puisse voir... Avec cela, de la fortune. Enfin tout ce qu'il faut pour être heureux... Eh bien, non... Il est parti furieux... mais je le connais... Il reviendra très certainement, se faisant précéder d'un bibelot précieux pour préparer son pardon... Ah, mesdames les femmes honnêtes, nous vous faisons payer cher votre mépris ! Et pourtant j'ai lâché Gilbert parce que sa femme l'aimait... Oh, comme cela doit être doux de se sentir aimée !

Six heures sonnèrent à la pendule du petit salon.

Six heures, déjà !... Viendra-t-il ?... S'il savait combien je l'aime !

Soudain elle se mit à rire nerveusement :

— Ah, ah ! c'est moi qui dit cela !... Quelle ironie ! Pouvons-nous... devons-nous aimer ? Est-ce que le monde nous permet d'avoir une âme ? Est-ce que ces machines à plaisir, ces choses peuvent ressentir une émotion ? Et pourtant nous souffrons !

Lentement, deux larmes glissèrent sur ses joues.

— Oh, oui, nous souffrons !

Mais bientôt, essuyant ses yeux, elle releva la tête.

— Allons, du courage ! nous ne devons pas pleurer. Cela serait drôle, une fille de joie en larmes... oui, une fille de joie !

En entendant un bruit de voix, Claire se leva, Albert et Maurice entraient.

— Vous ? dit-elle à Albert, après avoir échangé un bonjour avec Maurice. Enfin ! Vous êtes à Paris depuis huit jours et vous n'avez pas trouvé une petite minute... Fi ! c'est très vilain.

Ils prirent des sièges et Claire s'approcha.

— Ainsi, vous voilà revenu !... Pour longtemps, j'espère ?

— Oui, madame, répondit Albert, à moins que vous m'obligiez à repartir.

— Oh, alors !

— Ce que je dis est très sérieux et je viens, à ce sujet, vous demander une explication.

— A moi ?

— A vous.

— Vous avez écrit à Mlle Jeanne Maurecourt une lettre...

— A qui, dites-vous ?

— A Mlle Jeanne Maurecourt, à Merrey. Vous devez vous rappeler.

— Je ne sais ce que vous voulez dire.

— Parfait. Ainsi vous n'avez pas écrit ceci ?

Et il lui montra la lettre signée Berthe Dorval.

— Je l'avoue, mais...

— Ah, vous l'avouez !

Il se leva et, croisant les bras, froidement, il lui dit, d'un ton méprisant :

— Vous êtes une femme bien ignoble, madame !

— Albert ! s'écria Claire, suppliante.

LES PETITS SOUPERS

Il ne la laissa pas continuer.

— Vous n'avez donc pas d'âme ?... de quelle fange êtes-vous donc pétrie ? de quel ruisseau sortez-vous donc ?... Grâce à vous, la pauvre enfant est malade... grâce à vous, elle épousera un homme qui ne l'aime pas, qui ne recherche peut-être que sa fortune... grâce à vous enfin, je souffre en ce moment tout ce qu'un homme peut souffrir... Que vous avais-je fait, moi ?

Affolée, Claire ne répondait pas. Albert alors la prenant brusquement par le bras :

— Mais répondez-moi donc ? Ayez au moins le courage de jouer jusqu'au bout votre odieuse comédie ! Allons, mentez encore !

Cette fois la jeune femme se redressa :

— Ah, c'en est trop, à la fin ! Ces lettres, vous en aurez l'explication... Ecoutez-moi. Vous ignorez qui je suis, vous l'ignorerez toujours. Mais toutes ces richesses qui m'entourent, sachez-le bien, sont autant de remords qui se dressent sans cesse devant moi pour me crier ce que je suis. Chacune d'elles me dit à quel taux j'ai placé, ce jour-là, pour l'obtenir, la parcelle de dignité que je livrais à l'ignominie. Il n'est pas un meuble, pas un bijou, pas un bibelot sur lequel je ne puisse lire le prix honteux qu'il m'a coûté... Tout cela est à moi et pourtant tout cela me prouve qu'il n'y a qu'une seule chose ici qui ne m'appartienne pas : moi !... Oh, écoutez !... de grâce !... vous saurez tout... Parmi les femmes qui livrent leur corps à cet ignoble marché, il y en a qui se réservent le cœur. Je suis de celles-là... Si vous saviez quelle joie on a de retrouver en soi un coin pur où on puisse se reposer de toutes les tortures qu'il a fallu souffrir, de toutes les duretés qu'il a fallu entendre, de toutes les ordures auxquelles il a fallu sourire ! C'est une sorte de temple sacré où nul autre ne peut pénétrer car, en secret, nous y adorons là l'idole de notre amour... Et mon idole, à moi, c'était vous, Albert !... Ne m'interrompez pas ! Je suis si heureuse de vous dire aujourd'hui combien je vous ai aimé, combien je vous aime encore !... Il faut que vous sachiez que pas un jour ne s'est passé sans que j'aie devant les yeux votre image. Et tenez...

Claire se leva et alla écarter une portière.

— Personne n'est entré là. Il y a un prie-Dieu. Cela vous paraît extraordinaire n'est-ce pas !

La jeune femme revint, presque tremblante, s'asseoir près d'Albert.

— Tous les jours, continua-t-elle, moi, Claire de Gérende, la femme aux vingt amants, j'ai prié là de toutes mes forces pour que le ciel vous préserve des dangers auxquels votre courage vous exposait... et bien souvent... j'ai pleuré !

— Et vous allez pleurer encore, n'est-ce pas ? fit Albert narquois. Et voilà pourquoi vous avez écrit ?

La colère l'envahit. D'un mouvement brusque il alla à Claire et lui prit violemment le poignet.

— J'en ai assez, maintenant. Vous avez débité votre rôle... Je veux savoir, je veux savoir... m'entendez-vous ?

Et avant même que Maurice ait pu intervenir, il l'avait jetée à ses genoux.

— Et je veux que tu lui demandes pardon... à elle... et à moi !

Mais elle se releva d'un bond et fièrement.

— Tue-moi plutôt, lui cria-t-elle... Mais que je demande pardon de mon amour ?... Jamais !... jamais !... jamais !...

Maurice intervint.

— Tout cela, dit-il, ne nous avance pas beaucoup. Moi, je vous crois, Claire...

— Oh, merci !... Vous êtes bon, vous !

— Non ; mais je vois peut-être plus clair. Pardonnez à Albert de vous avoir ainsi brutalisée...

— Je n'ai jamais brutalisé et je ne brutaliserai jamais une femme, riposta Albert, mais ça !... une fille !

Claire, pâle d'indignation, allait répondre, lorsque Maurice vint doucement la prendre par la main.

— Voyons, il faudrait abréger cette scène qui vous brise et qui le surexcite... Franchement, pourquoi avez-vous écrit à Jeanne Maurecourt ?

— Je n'ai jamais écrit à Mlle Maurecourt.

— Mais alors ?

— Un soir, vous vous rappelez, peu de temps avant le départ de M. de Solrange il y eut ici une petite fête. Il m'a grisée et m'a annoncé le mariage de l'un de ses amis, sans me dire de qui il s'agissait.

Se tournant vers Albert :

— Je vous jure que je l'ignorais et je vous jure que je vous dis la vérité. Je souffre trop... vous pouvez me croire.

— C'est un joyeux camarade, me dit-il, nous allons lui faire une bonne farce. Et il me dicta cette lettre... Oh ! je me souviens très bien, maintenant. « Vous n'allez pas envoyer cela à sa fiancée ? » lui demandai-je. — « Jamais de la vie !... Nous lui dirons que nous avons surpris cette lettre... enfin nous arrangerons quelque chose. A sa fiancée !... il faudrait être goujat ou fou !... » Alors, j'écrivis cela, sans trop savoir, tout simplement pour lui être agréable.

Albert avait écouté attentivement.

— Vous me jurez...

— Sur ce que vous voudrez. Tenez, rien ne m'est plus sacré que mon amour, eh bien, je vous jure sur cet amour que je viens de vous dire la vérité. Je ne connais pas Mlle Maurecourt et, la connaîtrais-je, je n'aurais jamais commis cette infamie. Vous l'aimez, elle, tant pis pour moi. J'ai sacrifié mon corps, je sacrifierai mon cœur ; et je serai encore heureuse.

— Je vous crois, maintenant, dit Albert. Voulez-vous, à votre tour, me pardonner ? Vous comprenez, j'en suis convaincu, ma colère et peut-être m'excuserez-vous ?

— Je n'ai pas à vous pardonner, mon ami. Vous aimez et je sais ce que c'est.

— Merci, fit-il en lui baisant la main.

— Maintenant, dit Maurice, que nous avons dévoilé

le mystère qui entourait cette lettre, pourriez-vous, Claire, nous indiquer d'où vient celle-ci ?

Il lui montra le billet où Albert annonçait son retour.

Dès qu'elle eut parcouru les premières lignes, la jeune femme s'écria :

— Le misérable !... le lâche !

— Vous connaissez ? interrogea Albert, anxieux.

— Mais c'est lui !... lui !... Comment vous n'avez pas deviné ?

— Le baron de Solrange ?

— Assurément. Oh ! je ne me trompe pas, allez !... C'est lui, vous dis-je, c'est lui ! Et dire que cet homme a été mon amant ! Ah ! pauvres femmes que nous sommes !...

— Ce n'est pas votre faute, Claire, lui dit Maurice.

— Bah, répondit-elle, un peu nerveuse, n'est-ce pas notre destinée, à nous, de nous acoquiner ?

— Ne dites pas cela, fit Albert.

— Oh ! vous deux... mais les autres...

— Qui sait ? peut-être un jour votre existence changera-t-elle ?

— Le ciel vous entende !

— Ainsi, demanda Albert, vous êtes persuadée que ceci a été écrit par M. de Solrange ?

— Absolument.

— Nous le saurons bientôt.

— Vous n'allez pas vous battre, au moins ? interrogea Claire suppliante. Avec cet homme ?... Pouah !

— Pourtant, si les circonstances...

— Non, non, non !... Tenez, je vais vous proposer quelque chose. Vous avez confiance en moi maintenant?

Albert s'inclina.

— Eh bien, confiez-moi le soin de mener cette affaire avec M. Martillon. Vous serez vengé mieux que par un coup d'épée ou une balle. Il s'est attaqué à vous...

Elle ajouta, plus bas :

Et vous faire du mal, c'est me blesser, moi, profondément. Involontairement, je vous ai fait souffrir; je vous guérirai. Vous épouserez Mademoiselle Maurecourt. Acceptez-vous ?

Albert ne répondait pas, hésitant encore.

— Si vous saviez combien je le hais maintenant ! Soyez tranquille, la haine d'une femme est plus redoutable peut-être que la colère d'un homme.

— Soit. Je mets mon sort entre vos mains.

— Je pourrai donc vous donner une preuve de mon amour ! dit Claire, toute joyeuse. Cela ne sera pas long. Je vais me livrer à une petite enquête, et...

— Combien de temps durera-t-elle?

— Accordez-moi huit jours et dans huit jours, à cette heure, je vous attendrai.

Les deux amis quittèrent l'ancienne maîtresse du baron de Solrange après lui avoir donné tous les renseignements qu'elle jugea indispensables à l'œuvre de vengeance qu'elle voulait accomplir.

Lorsqu'ils furent seuls, Albert parut regretter d'avoir ainsi abandonné à la jeune femme une affaire qu'il eût peut-être mené plus rapidement.

— Tranquillise-toi, lui dit Maurice. Je ne sais pourquoi, mais, j'ai la plus entière confiance et je suis sûr qu'elle trouvera mieux que nous le moyen de démasquer un rival assez vil pour user de faux.

— Je voudrais bien savoir ce qu'elle pourra te dire.

— Ah ça, j'espère que tu ne vas pas douter de moi ?

— De toi ?... Non. Nous nous connaissons depuis trop longtemps, notre amitié est trop solide. Et puis n'es-tu pas le fiancé de Blanche ?

— Hein ? que dis-tu ?

— La vérité. N'aimes-tu pas ma sœur ?

— C'est vrai, profondément. Mais comment ?...

— Tu crois que cela ne se voit pas ?... Mon pauvre vieux !... C'est comme si je te demandais comment tu as su que j'aimais Mademoiselle Maurecourt... Je ne te l'ai jamais dit et pourtant... je n'ai pas eu besoin de te l'apprendre.

— Mais,... ta sœur ?

— Elle aussi t'aime, répondit Albert. Voilà pourquoi je te répète que tu es son fiancé... à moins que te ne veuilles pas.

— Que je ne veuille pas ? Oh ! mon ami peux-tu penser cela ?

— C'est également pourquoi j'ai la plus entière confiance en toi... Me voici arrivé. Montes-tu fumer une cigarette ?

— Non merci. Vois-tu, ce que tu viens de me dire... j'ai besoin d'être seul pour me laisser aller à ma joie.

— Tandis que moi je songerai que là-bas, un autre homme lui parle, à ma Jeanne.

— Ah ! il n'en a pas pour longtemps !

— Je l'espère.

Les deux jeunes gens se quittèrent après une accolade qui surprit un peu les passants et Maurice rentra chez lui où il se livra au charme de se répéter à voix haute qu'il était le fiancé de Blanche Dalvinoy.

III

Depuis qu'il était officiellement agréé, le baron de Solrange venait chaque jour à Merrey, se faisant précéder d'énormes gerbes de fleurs que Jeanne disposait mélancoliquement dans le salon.

La marquise, tout doucement, avait amené Mme Maurecourt à la question budgétaire, mais la veuve du manufacturier s'était montrée, dès les premiers mots, disposée à une telle libéralité qu'elle avait cru ne pas devoir insister, certaine qu'elle était d'obtenir, sans le demander, tout ce qu'elle désirait.

Tout allait donc pour le mieux et le baron songeait déjà à l'avenir très prochain où, confortablement installé en sleeping, il retournerait à Paris. Sa tante préparait les devis des multiples réparations qui devaient rendre au château de Solrange un peu de son ancienne splendeur. La berline serait reléguée et le pommelé ne serait plus seul à l'écurie. Gaston avait bien parlé d'automobile, mais elle prétendait demeurer fidèle aux habitudes et aux allures de ses aïeux, estimant qu'un attelage a plus de noblesse qu'une machine, si perfectionnée fût-elle. Quant à François, lui aussi serait allégé des nombreuses fonctions auxquelles l'obligeait son rôle de Maître Jacques. En un mot ce mariage relevait leur fortune. Il fallait donc qu'il se fasse. La vie de tous, des gens et des choses, en dépendait.

Tandis que la marquise flattait un peu chaque jour la manie de Mme Maurecourt, le baron s'efforçait de conquérir sa fiancée. Non pas qu'il cherchât à se faire aimer, il s'en souciait fort peu; mais il voulait arriver à ce qu'une rupture ne fût plus possible. Au besoin même il n'hésiterait pas à compromettre la jeune fille. Peu importait la femme? il lui fallait la fortune et, cette fortune, il s'était juré de l'avoir.

Jeanne se laissait aller à la dérive des événements. Elle avait longuement réfléchi et, malgré tout, elle conservait encore un espoir. L'accent d'indignation de Blanche l'avait profondément troublée, elle se rappelait souvent la scène où elle avait presque chassé son amie, elle avait encore devant les yeux la stupeur de la jeune fille en lisant les maudites lettres et tout cela contribuait, parfois, à lui faire regretter d'avoir trop précipitamment accueilli la demande du baron. Mais aussi la trahison la mordait cruellement au cœur, elle se répétait les supplications de sa rivale et elle retombait alors dans le doute et l'angoisse. Le baron, il est vrai, ne profitait guère de ce douloureux état d'âme. Jeanne n'éprouvait aucune sympathie pour ce fiancé qui avait en quelque sorte bénéficié de sa souffrance et qui ressemblait en somme à ces voleurs qui pillent après un désastre. Elle l'avait accepté, elle n'osait plus reprendre sa parole, mais elle saisirait avec une joie reconnaissante l'occasion qui pourrait lui rendre d'une façon vraiment digne et loyale, une liberté qu'elle redoutait d'enchaîner.

Sa mère était heureuse et elle en souffrait. Elle découvrait à chaque instant la naïve fatuité de cette femme qui avait déploré toute sa vie d'être l'épouse d'un commerçant, qui en rougissait presque maintenant et qui en arrivait à ne plus oser prononcer le nom de son mari. Tant d'égoïsme la révoltait. Elle avait adoré son père et elle en avait conservé le pieux et affectueux souvenir. Elle se le rappelait si dévoué, si bon avec tous, qu'elle ne comprenait pas cet oubli volontaire de la part d'une femme qu'il avait adorée et au bonheur de laquelle il avait consacré toute son existence.

Elle songeait tristement à toutes ces choses en arrangeant dans le salon les corbeilles de fleurs que le baron venait de lui envoyer et que, selon le désir de sa mère, il fallait tout particulièrement soigner. Elle songeait aussi au temps où Albert la faisait rougir en lui offrant une simple rose qu'il cueillait pour elle dans le jardin, lorsque la porte s'ouvrit et Maurice Martillon entra.

— Eh bien ? dit-il.

Jeanne se retourna vivement.

— Monsieur Maurice !... Je croyais que c'était ma mère qui entrait... Pardonnez-moi... Mais, comment ? J'étais bien loin de m'attendre à pareille visite !

— Je m'en suis bien aperçu. Je n'ai point rencontré Madame votre mère et je suis venu droit ici, certain, d'après ce que m'avait dit Philippe, de vous y rencontrer... Sapristi, les belles fleurs ?... Serais-je par hasard tombé dans les préparatifs d'une fête ?...

Vous savez, il y a si longtemps que je ne suis venu, les habitudes ont peut-être changé ?

— Mais vous ?... pourquoi ne vous revoit-on plus ?

— Bah ! moi... je vous dirai cela. Ainsi, on danse ce soir ?

— Oh, non !... Seulement depuis que M. de Solrange vient ici, il m'envoie des fleurs et ma mère exige que chaque jour j'en varie un peu la disposition.

— M. de Solrange... votre fiancé ?

Jeanne rougit légèrement.

— Comment savez-vous cela ? demanda-t-elle.

— Ce serait un peu long à raconter mais un mot peut-être vous suffira... Je suis, moi aussi, fiancé, et fiancé à la sœur d'Albert.

— Blanche ?

— Oui, Mademoiselle Blanche Dalvinoy.

Il s'arrêta un instant pour juger de la surprise et attendant un mot de la jeune fille. Celle-ci fit seulement entendre un : ah ! banal dans lequel il comprit qu'elle cachait tout son désir de savoir, Il résolut alors de brusquer et de profiter de l'instant qu'il avait d'être seul avec elle, pour la mettre le plus rapidement possible au courant de ce qui avait été résolu à Paris par Claire, Albert et lui.

— C'est elle, lui dit-il, qui m'a appris la honteuse comédie dont vous êtes victimes, vous et son frère... les mensonges qu'on a prêtés à Albert...

Jeanne l'arrêta.

— Je vous en prie !

— Que je me taise, lorsque, bien au contraire, je suis venu pour vous dire que vous ne pouvez pas contracter un mariage où vous n'apportez pas votre cœur ?... que je me taise lorsque je viens vous affirmer que ce mariage ne se fera pas ?

— Ce mariage se fera, Monsieur, répondit-elle d'une voix ferme. D'ailleurs quel obstacle s'y opposerait ?

— Votre amour pour Albert.

— Mon amour pour ?.,. S'il n'y a que cela... Oui, c'est vrai, j'ai cru jadis aimer M. Dalvinoy, mais aujourd'hui...

Elle termina sa pensée par un geste d'indifférence profonde que Maurice ne voulut pas comprendre car il demanda :

— Et aujourd'hui ?

Alors, agacée, Jeanne répondit bien vite, comme pour se débarrasser d'une obsession :

— Je le hais !

Maurice alla à elle :

— Vous le haïssez, dites-vous ?... Et si je vous disais, moi, que je ne vous crois pas... et, mieux, que vous vous mentez à vous même ?

— Je vous répondrais simplement que vous vous trompez.

Alors il lui prit la main et la menant devant le portrait de M. Maurecourt :

— Un dernier mot, Jeanne. Vous rappelez-vous le temps où je venais passer ici quelques jours de vacances dans la famille Dalvinoy ? Vous étiez bien

jeune... nous allions faire de longues promenades
dans lesquelles souvent un homme nous accompagnait. Je me souviens même qu'il vous racontait de
ces histoires si terribles que vous vous serriez bien
fort contre lui, tout en lui disant : « Encore ! » lorsqu'il avait fini... Cet homme était votre père et vous
étiez, vous, tout son bien, tout son amour, un petit
dieu enfin... Pour vous il aurait tout donné, tout
sacrifié... même sa vie !

Jeanne l'écoutait avec une joie ineffable, se rémé-
morant, à mesure qu'il l'évoquait, le bon temps où
tout lui souriait. Et elle regarda son père. Maurice
alors lui demanda :

— Oseriez-vous jurer devant lui que ce que j'ai
dit est faux et que vous n'aimez plus Albert ?

La jeune fille alors ne pût se contenir. Déjà, tout
à l'heure, pendant que Maurice parlait, il lui avait
fallu un gros effort pour refouler ses larmes. Mais
maintenant qu'on lui demandait un serment, elle ne
pouvait plus. Depuis quelques jours, elle avait vécu
bien des heures d'angoisse, aucune ne lui avait paru
plus cruelle que celle-ci. C'était tout le passé, avec
ses souvenirs joyeux, c'était tout l'avenir qu'elle en-
trevoyait heureux jadis dans ses rêves d'union
d'amour, c'était le présent avec sa tristesse des dé-
ceptions, des hypocrisies, des mensonges, le marché,
honteusement conclu, qu'elle avait accepté. Puis là,
devant son père qui l'avait tant aimée et dont elle
chérissait la mémoire, on venait brusquement,
comme pour lui imposer la plus douloureuse épreuve

lui offrir de se parjurer. Cela dépassait ses forces.
Elle eut peur de mentir. Levant les mains vers le
portrait comme pour lui montrer son cœur meurtri :

'— Papa, s'écria-t-elle, papa ! Toi qui m'aimais
tant ! Qu'ai-je donc fait pour souffrir ainsi ?

Maurice sourit en la regardant. Les mains jointes,
les yeux baignés de larmes, suppliante, désespérée,
elle venait de crier tout son amour pour celui dont
il était venu défendre la cause. Il était satisfait
et songea à ne point compromettre sa mission en
prolongeant une scène que l'on pouvait surprendre.

— Merci, lui dit-il. Ceci vaut un aveu. Causons
d'autre chose. Si quelqu'un entrait...

Jeanne, rapidement rendue à elle-même, le re-
mercia.

— Vous avez raison. Il ne faut pas que l'on de-
vine.

— Aussi bien, fit Maurice, maintenant je l'attends
en toute confiance.

— Qui cela ? interrogea la jeune fille. Ce n'est pas
lui, je suppose ?

— Si, répondit-il. Il est accompagné d'ailleurs par
une personne dont le rôle dans tout ceci est assez
important. Je les ai laissés près d'ici en les avertis-
sant que si, une heure après mon entrée chez vous,
je ne reparaissais pas, ils pourraient se présenter à
leur tour... Or je reste. Mais j'entends du bruit.
Avant de causer de la pluie et du beau temps, je

vous prie de laisser faire, quoi qu'il arrive...
Croyez-moi, c'est votre bonheur.

Jeanne n'eut pas le temps de répondre. Mme Maurecourt arrivait, suivie de la marquise et du baron de Solrange.

Elle s'arrêta, surprise, en apercevant Maurice qu'elle ne reconnaissait pas tout d'abord. Ils se saluèrent gravement.

— Suis-je donc si changé que cela ? demanda Maurice souriant.

Alors Mme Maurecourt se rappela.

— Comment !... Vous ?... A dater de ce jour, je crois aux revenants.

Elle fit les présentations, puis reprit ses questions.

— Voilà bien un siècle que vous avez disparu ?

— Un peu moins, répondit-il.

— Ah, ce Paris, ce Paris !... Comme il vous prend tous !... Vous nous avez complètement oubliées et vous avouerez que c'est peu gentil de votre part.

— Madame...

— Pas d'excuses !...

S'adressant à sa fille :

— A-t-il fait amende honorable ?

— Oui, ma mère, répondit Jeanne. Et lorsque vous êtes entrés nous nous rappelions déjà nos bonnes parties de vacances.

La marquise avait souvent entendu parler du jeune officier. Elle l'examina et s'imagina le reconnaître :

— Mon Dieu, s'exclama-t-elle, comme le temps passe vite !... Je ne me rappelais plus...

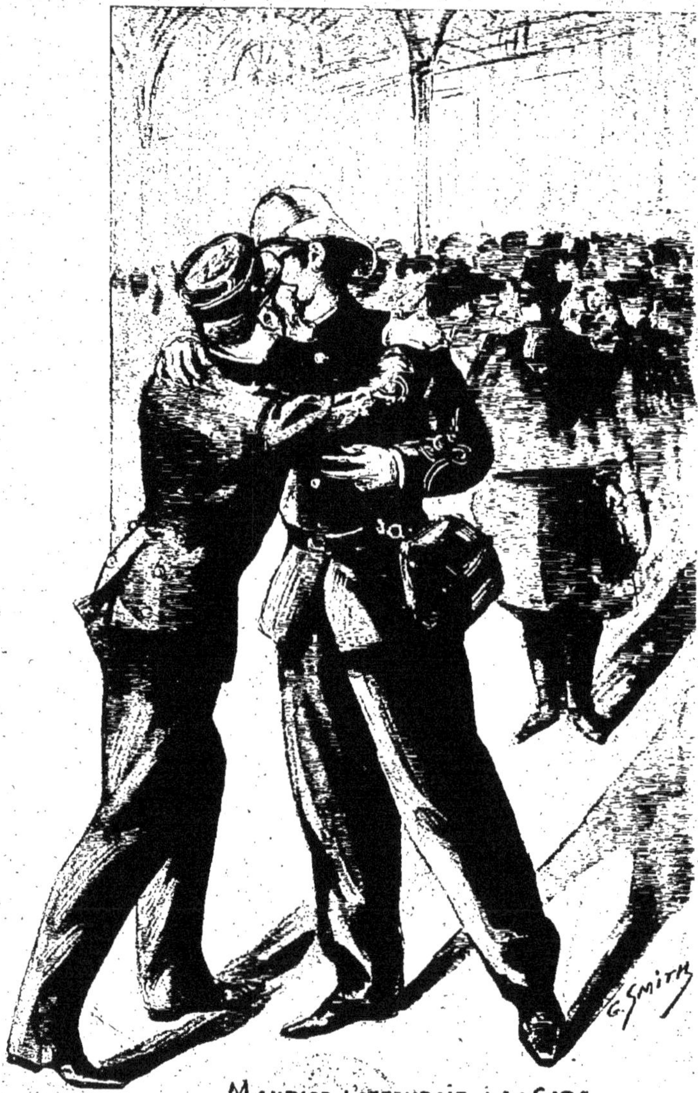

MAURICE L'ATTENDAIT À LA GARE...

— *Il n'y a rien d'étonnant à cela, madame. J'ai quitté depuis quelques temps déjà ce pays où je n'eus que rarement l'honneur de vous rencontrer.*

Le baron n'osait s'avancer. Après une poignée de mains, il s'était tenu à l'écart, attendant qu'un mot le mit au courant d'une visite aussi inopportune qu'inattendue. Il avait connu longtemps Maurice à Paris, mais il ne l'avait jamais dit, pas plus qu'il n'avait jugé à propos de conter dans quelles circonstances et dans quel milieu. Mais malgré son anxiété, il comptait sur la finesse et la bonne éducation du jeune homme pour ne pas être trahi. Toutefois, il eut un léger frisson lorsque Maurice lui adressa la parole :

— Mon cher baron, dit-il le plus naturellement du monde, je serais surpris de vous trouver ailleurs qu'à Paris si la bonne nouvelle que je viens d'apprendre ne m'expliquait votre présence ici. Permettez-moi...

— Vous vous connaissez ? demanda la marquise.

— Pour nous être rencontré deux ou trois fois dans le monde, répondit Maurice.

Le baron se sentit soulagé. « Décidément, songeait-il, ce garçon est intelligent. Il a compris mieux que je ne l'aurais peut-être fait moi-même, qu'il ne devait rien dire. Malgré tout il faudra le surveiller. »

Mme Maurecourt, s'empressait, offrant à chacun des sièges. Puis lorsque l'on fut installé.

— Maintenant, dit-elle à Maurice, vous allez nous expliquer pourquoi, depuis si longtemps, vous n'avez donné signe de vie.

— Très volontiers, mais auparavant je veux vous faire part de mon mariage.

— De votre mariage ? firent la marquise et Madame Maurecourt, étonnées.

Le baron, très gracieusement :

— C'est un échange de bonnes nouvelles et de sincères félicitations.

— Avec qui ? demanda Mme Maurecourt.

— Mademoiselle Blanche Dalvinoy, répondit-il.

Il prononça ces mots lentement, comme s'il eut voulu bien faire comprendre que ce n'était pas là une nouvelle ordinaire. Le baron fit un soubresaut et regarda fixement Maurice qui n'ajouta pas un mot. La marquise crut de bonne politique de feindre l'ignorance.

— Blanche Dalvinoy ? répéta-t-elle.

Mme Maurecourt, un instant, s'était trouvée décontenancée ; mais elle se remit vite et, le plus négligemment qu'elle put, elle répondit :

— La sœur du lieutenant Dalvinoy que nous avons connu jadis... Ils habitent là-bas, au bout du pays.

Le baron, pour éviter quelque indiscrétion :

— Vous étiez camarades de promotion, je crois ?

— Parfaitement, répondit Maurice, camarade de classes, entrés le même jour à Saint-Cyr, ce fut la sortie de l'Ecole qui nous sépara. Nous nous retrouvâmes ensuite à Paris, puis Albert partit au Tonkin. J'ai fait des démarches pour aller le rejoindre, mais je n'ai pas eu la chance de trouver un permutant. Pourtant j'aurais bien voulu assister au moins à une

des actions d'éclat pour lesquelles il a été décoré et
que d'autres, revenus depuis, nous ont racontées...
Comme celle, par exemple, où il sauva la vie à l'un
de nos amis, Henri Defruges, lieutenant à la légion
étrangère...

— Oh, contez-nous cela ! dit Jeanne d'un ton en-
thousiasmé qui surprit sa mère et la contraria au
point qu'elle crut devoir la rappeler à un peu plus de
retenue.

— Jeanne ! fit-elle légèrement grondeuse... Voyez-
vous, ces enfants... dès qu'on leur parle d'action d'é-
clat, les voilà partis !

Elle espérait ainsi éviter le récit, mais Maurice ne
parut pas avoir compris et continua :

— Je vous le conterai d'autant plus volontiers que
je me suis juré de ne jamais laisser échapper l'occasion de montrer la noblesse de caractère, la profonde
loyauté, le remarquable courage d'Albert — dût sa
modestie s'en offusquer. Voici donc... Vous avez certainement lu dans les journaux toutes les horreurs
qui se commettaient en Chine, toutes les atrocités,
les tortures que les chinois faisaient subir aux malheureux soldats qui tombaient entre leurs mains...
Defruges faillit être une de leurs victimes. Des ban-
des de pirates avaient été signalées à sept ou huit kilo-
mètres du poste qu'il occupait avec Albert. Ils parti-
rent tous deux un jour, accompagnés de huit hommes
et un sergent, pour aller faire une reconnaissance et
tâcher de découvrir le refuge des ennemis. Ils mar-
chaient, très prudemment, à travers les hautes her-

bes et déjà la moitié du chemin était faite lorsque Albert commanda une halte... L'endroit était pittoresque et Defruges qui manie fort habilement le crayon ne put résister au désir de prendre un croquis. S'avançant à une cinquantaine de mètres, il découvrit un coin charmant où il s'installa, son album à la main. Il était là, bien en train, lorsque tout à coup deux grands diables, surgissant on ne sait d'où, lui sautèrent dessus et le terrassèrent en un clin d'œil. L'un des deux lui tenait solidement les bras tandis que l'autre, à genoux sur sa poitrine, s'apprêtait à lui couper gentiment la tête avec cette sorte de sabre qu'ils appellent un koup-koup. Defruges n'avait poussé qu'un cri, mais, fort heureusement, il avait été entendu. En deux bonds Albert fut là, suivi du sergent. Tous deux comprirent le danger qu'il y avait pour notre ami s'ils tiraient. Albert n'hésita pas et se précipitant sur les pirates plongea son sabre dans le dos de celui qui était à genoux sur Defruges. Mais l'autre sans se laisser intimider tira son koup-koup et allait en porter un coup terrible à Albert lorsque le sergent saisit son fusil par le canon et lui fracassa la tête avec la crosse... Il leur fallut pour cela moins de temps que je n'en mets à vous le raconter, mais grâce à eux Defruges était sauvé... Il est en ce moment en congé à Paris et sa famille remercie tous les jours le ciel de lui avoir donné comme compagnon de guerre un gaillard de la trempe d'Albert.

— C'est une chance, en effet, dit la marquise.

— Et c'est très beau, appuya Jeanne.

— N'est-ce pas? reprit Maurice... D'autant que beaucoup n'auraient pas osé venir seuls. Qu'en pensez-vous, baron?

— Dame, répondit celui-ci... Ils ignoraient le nombre...

— Et le sergent? demanda Mme Maurecourt qui souhaitait détourner du nom d'Albert l'intérêt d'un pareil fait... A-t-il été récompensé?

— Non, Madame. D'ailleurs ces gens-là sont coutumiers d'actions de ce genre et il leur faut un véritable acte de grand héroïsme pour se figurer avoir droit à une récompense... En voici la preuve. Lorsqu'ils rentrèrent au poste après avoir terminé cette reconnaissance, Albert fit son rapport et signala tout particulièrement ce sergent. Comme le brave garçon n'en était pas à son premier exemple de courage, le capitaine le fit appeler, le félicita chaleureusement et lui annonça en riant qu'il se voyait obligé de demander pour lui la médaille militaire. Mais l'autre, en écoutant la lecture du rapport, s'était aperçu qu'Albert avait presque passé sous silence sa part dans ce petit combat. Il rectifia, raconta la scène telle qu'elle s'était déroulée et refusa la médaille, sous le prétexte qu'une affaire comme celle-là n'était pas suffisante pour la lui faire mériter. Or, notez qu'il avait déjà à son actif plusieurs citations. Cela peut vous donner une idée...

— Mais c'est un héros, ce sergent! s'écria la marquise enthousiasmée par un si grand désintéressement et voulant, tout comme Mme Maurecourt tout à l'heure, détourner sur un autre l'attention que Maurice avait attirée sur le rival de son neveu.

— Oh, il y en a encore beaucoup comme celui-là, affirma Maurice en souriant... Heureusement !

Le vieux Philippe entra et vint présenter une carte à Mme Maurecourt. A peine y eut-elle jeté les yeux qu'elle pâlit, puis rougit aussitôt.

— Il désire vivement parler à Madame, ajouta le domestique.

— Mais faites donc, ma chère, dit la marquise. Ne vous gênez pas pour nous.

— C'est précisément celui dont nous parlions à l'instant, dit Mme Maurecourt en la regardant.

— Monsieur Dalvinoy ? interrogea la marquise avec une certaine vivacité.

— Et sa sœur, répondit Mme Maurecourt.

— Bizarre ! murmura le baron.

— Mon Dieu, ma mère, qu'ils entrent ! fit Jeanne pour mettre fin à cette gêne et à cette hésitation devant Philippe qui attendait la réponse.

— Certainement ! dit la marquise. Nous serons heureux, mon neveu et moi, de connaître le héros de l'aventure que vient de nous conter monsieur Martillon.

Elle avait de suite flairé un danger, mais comprenant qu'elle ne pouvait l'éviter elle avait pris aussi la résolution de l'affronter. L'ennemi approchait, elle le sentait ; elle se prépara à la bataille après avoir lancé à son neveu un coup d'œil significatif qui fit légèrement sourire Maurice.

— Qui sait, dit-elle, en s'adressant au jeune homme tandis que Philippe sortait, M. Martillon lui avait peut-être donné rendez-vous ici et avait préparé son entrée, tout comme certains guides vous expliquent une belle chose avant de vous la montrer ?

Maurice esquiva la réponse :

— Ce sont des choses qui ne me viendraient jamais à l'esprit et, seul, le hasard de la conversation m'a amené à vous raconter... .

Mme Maurecourt, malgré tous ses efforts, ne pouvait cacher suffisamment tout l'ennui que lui causait cette visite. La marquise s'en aperçut et lui demanda, d'un ton de simple curiosité :

— Êtes-vous brouillée avec la famille Dalvinoy ?

— Pas précisément, répondit Mme Maurecourt, mais...

Elle n'eut, heureusement pour elle, pas le temps de donner à l'incertitude qu'elle avait manifestée une explication quelconque. Albert Dalvinoy et sa sœur entrèrent à ce moment. On s'efforça de mettre quelque naturel dans les saluts et les présentations. Devant la marquise, Albert s'inclina et dit simplement quand il entendit le nom du baron :

— J'ai déjà rencontré monsieur à Paris.

— En effet, répondit celui-ci, terriblement inquiet.

La marquise avait remarqué la froideur avec laquelle Albert les avait salués et plus encore que tout à l'heure comprit qu'ils étaient menacés et devaient se tenir sur leurs gardes.

Mme Maurecourt, qui d'ailleurs n'avait pas les

mêmes craintes, fut enchantée d'apprendre que les deux hommes se connaissaient. Cela lui rendit un peu de calme et pendant qu'Albert et Maurice se serraient cordialement la main elle se remit presque tout à fait de sa récente émotion.

Lorsque l'on s'assit, Blanche avait approché son siège de Jeanne et, très rapidement, sans que personne pût s'en apercevoir, elle lui dit à voix basse :

— Pas un mot !... Tout va bien !

Mme Maurecourt avait recouvré son sang froid et s'adressant à Albert :

— C'est étrange, lui dit-elle. Nous parlions justement de vous lorsque Philippe m'a apporté votre carte. Maurice, qui nous avait oubliées pendant si longtemps, nous fait aujourd'hui l'heureuse surprise de sa visite. Vous maintenant... Allons, c'est une bonne journée pour nous. Vous voilà de retour de cet affreux Tonkin... pour longtemps j'espère, car après une expédition comme celle-là vous ne devez pas songer à quitter de sitôt la France ?

— Certainement, Madame, répondit-il ; à moins que des circonstances que je n'ose envisager ne m'obligent à repartir plus tôt que je ne le désire et, cette fois, pour toujours.

Il avait dit cela d'une voix grave comme s'il eût fait part d'une décision irrévocable. Chacun, pour des raisons différentes, avait compris l'allusion et chacun eut peur de lui demander la moindre explication. Jeanne heureusement dissipa cette gêne. Sur un signe de Blanche elle demanda la permission d'aller lui montrer quelques menus travaux. Lorsqu'elles sortirent, Maurice sourit en regardant le baron qui, malgré tous ses efforts, paraissait en proie à une vive inquiétude. Sans savoir exactement quel danger devait fondre sur lui, celui-ci sentait qu'il allait avoir à lutter, mais il lui avait été jusqu'alors impossible de deviner quoi que ce soit. Son ennemi était là, c'était son rival, et tout à l'heure il avait cru saisir dans ses paroles la volonté bien arrêtée de ne céder sa place qu'après avoir tout fait pour la reconquérir. Il restait à savoir quels moyens il allait employer et c'était là ce qui l'intriguait. Albert invoquerait peut-être son ancienne amitié, les premiers serments, etc., etc... En tout cas, il le verrait venir et esquiverait à n'importe quel prix toute explication sur les lettres que Jeanne avait reçues et grâce auxquelles il était aujourd'hui son fiancé. L'absence des jeunes filles contribuait à accroître son anxiété. Devant elles en effet on eut probablement évité de parler de la maîtresse d'Albert et de son enfant et cette attention pouvait suffire à le sauver. Mais si elles ne revenaient pas, le lieutenant pouvait en profiter pour provoquer une discussion et alors...

— Bah, songea-t-il, je suis bien sot de me mettre martel en tête. La vieille bourgeoise me veut pour gendre, elle se chargera de ma défense et sera, mieux que moi, dire à ce monsieur qu'il n'a plus rien à faire ici.

Tranquille à peu près, il écouta la conversation qui roulait sur les banalités qui accueillent un retour.

Ce calme apparent, ne devait pas durer longtemps. Une question maladroite de Madame Maurecourt vint mettre le feu aux poudres.

— Nous venons, dit-elle à Albert, d'apprendre par Maurice lui-même son mariage avec Blanche.

— Elle ne pouvait trouver mieux, répondit-il. Je connais Maurice et je l'apprécie depuis longtemps.

Son ami lui serra affectueusement la main pour le remercier de cette nouvelle marque d'estime.

— J'ai appris aussi, poursuivit Albert, les fiançailles de Mademoiselle Maurecourt avec le baron de Solrange.

Madame Maurecourt inclina la tête et la marquise sourit. Le baron le regarda, pressentant une attaque se préparant à riposter.

Albert ajouta :

— Vous me permettrez de ne pas vous féliciter... et de la plaindre.

Ce fut l'explosion. L'orage qui depuis si longtemps menaçait éclatait enfin.

— Comment? s'exclamèrent la marquise et Mme Maurecourt, sur des tons différents.

Le baron feignit de croire à une plaisanterie, de si mauvais goût qu'elle pût être.

— C'est en riant, fit-il que vous dites cela.

Et il regarda Albert de l'air tranquille d'un homme qui se croit sûr de lui.

— Vous devez savoir, répondit froidement le jeune homme, qu'il y a des gens qui inspirent un tel dégoût qu'on ne peut même pas rire d'eux.

Cette fois, on ne pouvait s'y tromper. L'injure était directe, profondément outrageante. Qu'allait-il advenir ?... Tandis que Madame Maurecourt, ahurie, blâmait intérieurement le lieutenant de venir ainsi manifester son dépit en public et provoquer chez elle le gendre de son choix, la marquise songeait qu'il fallait avant tout prendre promptement une décision. Son imagination, d'ordinaire si fertile, ne vint pas assez tôt à son secours. Le baron avait compris que le salut pouvait être dans une retraite aussi rapide qu'honorable, espérant bien que son départ serait immédiatement suivi de celui de son rival.

— Soit, répondit-il en se levant. Mes témoins se présenteront chez vous dès demain.

Les femmes se récrièrent. Un duel !... Non, non ! D'ailleurs, pourquoi ?... Elles se précipitèrent vers le baron pour le supplier de ne pas se battre, mais celui-ci eut un geste qu'il s'efforça de rendre dégagé et parut se disposer à se retirer.

— Rassurez-vous, Mesdames, dit Albert. Je ne savais pas que ce Monsieur pût encore ressentir les injures, mais, puisque vous tenez à sa vie, dites-lui de ne pas déranger des témoins, s'il en trouve...

Elles le regardèrent, étonnées, ravies aussi.

Maurice également fut surpris et le baron se redressa encore. Mais Albert, d'un ton sec, le cingla une dernière fois, plus cruellement :

— Je ne me bats jamais avec les lâches, lui dit-il.

Le baron pâlit et allait souffleter le lieutenant lorsque Maurice s'interposant dit d'une voix brève :

— Cette fois, à tous deux : assez !... Vous savez chacun ce qu'il vous reste à faire...

Mais la marquise ne voulait pas ainsi abandonner la partie ou risquer sur un coup d'épée le sort de tous ses projets. Le duel était inévitable, elle le croyait du moins ; c'était une raison de plus pour reprendre courage et défendre la cause en accablant Madame Maurecourt.

— Je n'aurais jamais songé, Madame, lui dit-elle sévèrement, que le neveu de la marquise de Solrange pût être insulté chez vous.

— Mon Dieu ! mon Dieu !... gémit la pauvre femme. Je vous assure, Madame la Marquise...

Puis, tout à coup, se tournant, agressive, vers Albert :

— Monsieur, lui dit-elle, je ne comprends rien à cette scène... qui a trop duré.

La marquise eut un éclair d'orgueil dans les yeux. Grâce à elle, ce malencontreux lieutenant était enfin chassé et la victoire demeurait à son neveu.

— Vous voulez que je sorte, fit Albert. Je reste, car...

— Vous restez ! s'écria Madame Maurecourt mais une telle conduite est monstrueuse !

— Oui, reprit Albert, d'une voix forte, je reste !... car il faut que tout s'explique.

Il prit alors dans son portefeuille les lettres que l'on connaît et présentant au baron celle qui était signée : Albert, il lui demanda :

— N'est-ce pas vous qui avez écrit ceci ?

Le baron rougit. Il comprenait maintenant dans

quel filet il était pris et sentit que toute discussion
en resserrerait les mailles.

— Votre correspondance ne m'intéresse pas, fit-il
dédaigneusement, sans regarder la lettre.

— Ah, vous ne voulez par lire ?... Pourtant c'est
vous qui avez écrit, c'est vous qui avez signé... mais
mon nom à moi.

— Jamais de la vie !...

— Parbleu !... Voudriez-vous jeter un coup d'œil
sur ces papiers ?

Et il lui tendit quelques feuilles que le baron prit
machinalement et regarda.

— Ce sont, poursuivit Albert, des déclarations
d'experts. Votre écriture est connue à Paris et il
n'était pas difficile de s'en procurer plusieurs lignes,
chez certains de vos fournisseurs par exemple. Je l'ai
fait et cela m'a servi à transformer en certitude mes
soupçons au sujet de cette lettre. Elle est tout entière de votre main, ainsi que ces messieurs l'affir-
ment très formellement.

— Cela prouve tout simplement que les meilleurs
experts peuvent se tromper, dit le baron en rendant
les papiers.

Maurice que cette discussion intéressait peu s'était
levé et était allé vers une fenêtre. Là, sans que personne pût s'en apercevoir, il avait fait un léger signe
puis était tranquillement revenu à sa place. On le connaissait et personne ne se montra surpris en le voyant
circuler librement dans le petit salon où il avait joué
jadis.

— Je doute, dit Albert au baron, que trois experts concluant de même, se soient trompés. Pourtant je m'attendais à cette objection et peut-être certaine autre preuve vous convaincra-t-elle mieux.

Toute colère semblait avoir disparu et les voix avaient repris leur diapason ordinaire. La marquise et son neveu demeuraient plus que jamais certains de la victoire et commençaient déjà à se réjouir du peu de succès obtenu par Albert. Tout ce qu'il avait avancé s'effondrait devant une simple dénégation ; tout à l'heure ce serait au tour du baron de demander raison au lieutenant de ses accusations.

Madame Maurecourt se remettait peu à peu de son émoi et considérait avec satisfaction le jeune officier occupé à replier dans son portefeuille les lettres qui auraient pu provoquer un nouvel éclat. Elle songea alors à la marquise et s'imagina qu'il était de son devoir de lui montrer combien elle tenait peu à Albert Dalvinoy.

— Monsieur, dit-elle à celui-ci, vous avez cherché querelle au baron de Solrange, mon futur gendre, sous je ne sais quel prétexte. J'espère que cette scène n'aura aucune suite sérieuse mais, malgré toute l'amitié que j'avais pour vous, je dois vous déclarer que vous ne la renouvellerez plus ici.

Marquise et baron, rayonnants, la remercièrent du regard. Albert pâlit légèrement et allait répondre lorsque la porte s'ouvrit. Jeanne et Blanche entrèrent et, immédiatement après elles, une jeune femme fort élégamment mise et avec un extrême bon goût.

Ce fut Jeanne qui dit le nom de la visiteuse à la vue
de laquelle le baron se leva brusquement. Il sentait tout son sang affluer à son cerveau et il lui sembla qu'il allait étouffer.

Il dut faire un violent effort sur lui-même pour
cacher son trouble. Se jugeant perdu il songea à se
retirer et regarda la marquise. Mais celle-ci était
occupée à considérer celle qui les saluait avec la
grâce du meilleur monde.

— Madame Claire de Gérende ? avait dit Jeanne.

Et la vieille aristocrate cherchait dans sa mémoire.
Elle connaissait tous les grands noms, elle en avait
entendu d'autres, elle ignorait celui-là. Son neveu
s'était d'ailleurs bien gardé de lui conter sa liaison
et elle détaillait ainsi que l'eut pu faire toute autre
personne, par simple curiosité, la toilette de celle
qui venait d'entrer.

Mme Maurecourt avait accueilli la jeune femme
avec une nuance d'étonnement, s'attendant à quelque requête, ainsi que souvent venait lui en présenter des dames en tournée de bienfaisance.

Quelle ne fut pas leur stupéfaction lorsque, après
s'être assise, Claire, sans autre préambule, s'adressa
directement au baron :

— Vous êtes surpris ? lui dit-elle. Certes votre
étonnement est bien compréhensible.

On regarda le baron qui parut horriblement gêné,
ne sachant que répondre.

Se tournant ensuite vers la marquise :

— Vous avez essayé, lui dit-elle, de vous rappeler

mon nom ? C'était inutile... car je doute que vous vous teniez au courant des chroniques demi-mondaines. C'est là seulement que vous auriez pu l'apprendre.

La marquise et Mme Maurecourt la regardèrent stupéfaites, tandis que le baron, à la torture, s'efforçait d'attirer les regards de sa tante à laquelle il aurait pu faire comprendre qu'il était urgent de retourner à Solrange. Il toussa, se remua, s'agita, en pure perte. Claire absorbait toutes les attentions. Elle sut malheureusement les détourner et les concentrer sur lui par cette question qui ajouta encore à la curiosité dont elle était l'objet depuis son arrivée :

— Ainsi, baron, vous voulez épouser Mlle Jeanne Maurecourt ?... Il faut avouer que les procédés que vous employez sont bien honteux !

Le baron, résolu à ne donner aucune explication, voulut du moins se tirer en grand seigneur du mauvais pas où il se voyait engagé.

Il se leva, et s'adressant à sa tante :

— J'ai été patient.., trop patient même... Et puisque Mme Maurecourt ne croit pas devoir mettre fin à cette scène...

La marquise l'avait compris. Se levant également elle se disposa à se retirer avec lui, mais Albert leur coupa la retraite :

— Non pas ! s'écria-t-il... Je vous tiens et je ne vous lâcherai que lorsque le jour sera fait sur votre ignominie.

— Assez ! monsieur... riposta le baron sèchement. Assez de bourdes comme cela !

Albert se précipitait, mais Claire le devança et posant la main sur le bras du baron, tandis que, stupéfaites la marquise et Mme Maurecourt les regardaient :

— Bourdes ! s'écria-t-elle... Ah, ah !... Prenez garde, mon cher !... ces bourdes sont des vérités...

Le baron haussa dédaigneusement les épaules.

— ... et je comprends qu'elles vous ennuient puisqu'elles viennent renverser tout l'échafaudage de vos mensonges.

La marquise devina immédiatement une ennemie dangereuse et elle voulut précipiter le départ.

— Si cette personne, dit-elle fièrement à Mme Maurecourt, a droit d'entrée et de franc-parler chez vous, notre dignité, à nous, s'oppose à ce que nous ayons, mon neveu et moi, une discussion quelconque avec elle.

Elle avait redressé sa petite taille et sa figure vieillote avait pris une expression de dédain qui frappa douloureusement Mme Maurecourt. Aussi celle-ci s'empressa-t-elle avec une vivacité touchante. Elle voulut prendre la main de la marquise... qui la lui retira presque brutalement.

— Madame la marquise, implorait-elle, je vous en prie !

Grâce à ce petit jeu de scène, tante et neveu avaient pu gagner la porte et avant même que Claire et Albert aient pu les arrêter, ils avaient disparu, suivis de la veuve du manufacturier qui cherchait à les retenir par ses regrets et ses prières.

Dès qu'ils furent sortis, on se regarda, dans le petit salon.

Jeanne était radieuse. Prévenue par Blanche qui lui avait tout conté et par Claire dont elle connaissait le dévoûment, elle avait assisté joyeuse à l'entrevue qui lui rendait le fiancé de son cœur avec tous les beaux rêves de jadis.

Maurice le premier rompit gaîment le silence.

— La pauvre femme ! dit-il en parlant de Mme Maurecourt... elle est navrée... Son noble s'évapore...

Albert sourit légèrement, tandis que Jeanne, d'un ton de reproche amical :

— Monsieur Maurice !

Celui-ci s'inclina, presque moqueur :

— Pardon... je ne le dirai plus.

La porte s'ouvrit brusquement et Mme Maurecourt apparut, la figure bouleversée, les yeux furieux, toute de rage et de colère. Elle alla directement à Albert et, se campant devant lui, les bras croisés, dans une attitude grotesquement agressive :

— Enfin, monsieur Dalvinoy, voudriez-vous m'expliquer cette scène ?... De quel droit vous permettez-vous de venir ici, chez moi, chercher querelle au baron de Solrange... mon futur gendre ?... C'est monstrueux !

— Madame, dit Albert.

— Monstrueux !... vous m'entendez ?... monstrueux !...

Et s'excitant, elle se promena dans le salon, répétant : « Monstrueux !... monstrueux !

Tout à coup, s'arrêtant devant Claire :

— Quant à vous... je ne vous connais pas et je ne veux pas vous connaître... Par conséquent... vous me comprenez ?

Claire allait répondre, mais la brave dame de plus en plus surexcitée ne lui en laissa pas le temps. Elle allait, venait, déplaçant les sièges, par des mouvements rapides et saccadés, qui trahissaient l'état d'extrême énervement dans lequel le départ de la marquise l'avait plongée. Albert, Maurice, Claire, Blanche, sa fille même, tous lui étaient odieux et tour à tour, en passant devant eux elle les foudroyait du regard, tout en maugréant :

— A-t-on jamais vu !... Chez moi... la marquise... le baron... Monstrueux ! monstrueux !...

Quand elle parut un peu calmée, Claire, très doucement se risqua à l'affronter :

— Moi seule, madame, lui dit-elle, suis la cause de cette déplorable aventure.

— Vous ?... Allons donc !

Et d'un ton cruellement méprisant :

— Qu'y a-t-il donc de commun entre le baron de Solrange et... vous ?

Elle haussa les épaules pour bien terminer sa pensée qui était toute de dédain.

Claire ne se laissa pas intimider. Elle s'était imposé une tâche, elle n'y faillirait pas, quoi qu'il arrive, quoi qu'on lui dise.

— M. de Solrange fut mon amant, dit-elle, et...
j'aurais voulu être la maîtresse de M. Dalvinoy.

— Et après ?... que voulez-vous que cela me
fasse ?... En tout cas. je vous ferai remarquer que
nous ne sommes pas seules... Il est vrai que dans
votre monde...

Claire ne parut pas avoir entendu et poursuivit,
très simplement, d'une voix calme où l'on sentait la
volonté bien arrêtée de ne pas se laisser détourner du
but qu'elle avait juré d'atteindre.

— Le baron de Solrange aspirait depuis longtemps à l'honneur de devenir votre gendre... non pas
tant par amour pour Mademoiselle votre fille que pour
la fortune qu'elle lui apporterait... car il est ruiné.

Mme Maurecourt fit un bond.

— Il est ruiné !

— Ou à peu près.

— C'est vrai, fit Mme Maurecourt. Vous êtes fort
au courant...

— J'étais bien placée pour cela, et les renseignements que j'ai pu obtenir sont précis... Ils m'ont
d'ailleurs coûté assez cher.

— Nous le savions, dit Mme Maurecourt ; mais
nous connaissons les causes de cette ruine.

Elle se repentait d'avoir laissé percer son étonnement et voulait prouver qu'elle ne s'était pas, ainsi
qu'on pourrait le croire, inconsidérément jetée dans
les bras de la marquise pour le seul plaisir et l'unique
gloire d'avoir pour gendre un baron.

— Ces causes sont nombreuses, continua Claire ;

BIBLIO... R.F. ...ONALE

et peut-être en suis-je une... Or, une seule chose le gênait pour la réussite de sa combinaison... Il avait appris, je ne sais trop comment, le penchant réciproque de Mlle Maurecourt et de M. Dalvinoy... Je crois pourtant me rappeler que c'est grâce à une indiscrétion de M. Martillon... A ce moment, j'étais sa maîtresse, mais j'aimais déjà M. Dalvinoy d'un amour fou, indéfinissable.

Mme Maurecourt plissa légèrement les lèvres.

— Cela, poursuivit Claire, vous paraît horrible, n'est-ce pas ?... Et cependant combien de femmes que l'on salue bien bas appartiennent légitimement à un homme et ont le cœur plein d'un autre !...

Cette phrase évoqua-t-elle dans l'esprit de Madame Maurecourt certains souvenirs ?... Ou excita-t-elle simplement sa curiosité ?... Elle écouta avec plus d'attention.

— J'ignorais, continua Claire, les projets matrimoniaux du baron de Solrange car j'aurais aussitôt prévenu Monsieur Dalvinoy, qui se battait alors héroïquement au Tonkin, du danger qui menaçait son bonheur... Un jour, il invita quelques amis qui vinrent avec leurs maîtresses ; ce fut une orgie qui se prolongea fort avant dans la nuit et pendant laquelle il me grisa. Il en profita pour me faire écrire la lettre que vous connaissez... Oh, le prétexte était très simple !... Il s'agissait, prétendait-il, de faire une farce à un de ses amis qui allait se marier... farce, avait-il juré, qui n'aurait d'autre conséquence que de l'intriguer un peu... Je fis ce qu'il me demandait

d'autant plus complaisamment qu'il m'avait affirmé
que cet ami en question connaissait mon nom véritable : Berthe Dorval...

Madame Maurecourt sursauta :

— Vous êtes Berthe Dorval ?

— Oui, Madame, répondit la jeune femme. Claire
de Gérende est un nom que je me suis donné...
comme tant d'autres dont la noblesse n'existe que
dans leur imagination.

— C'est vous Berthe Dorval ! répétait Madame
Maurecourt.

— Vous comprenez maintenant ?... Lorsque j'ai su
à quel marché honteux cette lettre allait servir, lorsque Monsieur Dalvinoy, rentré depuis peu en France
m'eut montré le résultat de ma complaisance, je ne
songeai plus qu'à dévoiler la bassesse et la lâcheté
de cet homme, qu'à épargner à celui que j'aimais
d'autres souffrances, qu'à réparer enfin, du mieux
qu'il me serait possible, tout le mal que j'avais causé
involontairement.

Et comme Madame Maurecourt manifestait un certain étonnement :

— C'est vrai, vous ne pouvez pas savoir.

... Vous avez toujours été heureuse, Madame, vous
ne connaissez pas la vie que nous menons et qui
n'est qu'une longue torture de plaisirs. Nous cher-
chons à oublier bien souvent, et pour cela, nous nous
raccrochons, comme des naufragés, à une planche de
salut quelconque dès qu'elle apparaît... Pour moi,
c'était l'amour... Je l'ai connu dans toute sa force,

dans toute son ardeur, dans toute sa passion, mais aussi dans tout son désespoir.

... Intérieurement je m'étais donnée à l'objet de cet amour autant qu'un être humain puisse se donner... J'aurais été son esclave, sa bête, sa chose!... Vous devez bien penser maintenant que tout ce qui pouvait faire souffrir celui que j'aimais me blessait, moi, profondément... J'ai appris l'amour sincère de M. Dalvinoy pour Mlle Maurecourt et ce jour-là j'ai souffert, horriblement, à souhaiter la mort... Alors je me suis repliée sur moi-même et je me suis dit que je vivrais avec mon culte... Mais lorsque j'ai su, lorsque M. Dalvinoy est venu me montrer la blessure qu'un lâche lui avait faite au cœur, alors j'ai bondi et je me suis promis que je débrouillerais tout l'écheveau d'infamies dans lequel on l'avait enserré...

Elle se leva, un peu pâle et, d'une voix que malgré tous ses efforts l'émotion faisait un peu trembler :

— Monsieur Dalvinoy, fit-elle ne m'a jamais aimée... moi je l'adore et je suis heureuse de pouvoir le dire... Je jure que tout ce que contient la lettre que j'ai signée est faux... je jure aussi que l'autre a été écrite par le baron de Solrange... Je connais trop son écriture ! C'est un faux !... Faux, entendez-vous ? Tout est faux et le baron est un être ignoble !

— Vous apportez vraiment une telle ardeur, dit Madame Maurecourt, que...

— Vous doutez encore, n'est-ce pas ? Vous vous

dites que peut-être je satisfais une rancune quelconque ? Eh bien non ! Je vous l'affirme. Le baron de
Solrange m'a quittée... c'était son droit... et j'ai subi
en somme la loi commune à laquelle nous sommes
condamnées... M. Martillon pourra vous dire,
si vous croyez devoir le lui demander, dans quelles
conditions a eu lieu la rupture... Je ne me plains
pas... notre vie à nous n'est-elle pas ainsi faite?... Je
ne veux donc vous donner, moi, aucun des renseignements que vous paraissez ignorer, mais je vous
dis qu'il importe, pour le bonheur de votre fille et
pour votre tranquillité personnelle, que vous vous
les procuriez le plus tôt possible... Vous saurez alors
à quel homme vous alliez vous livrer toutes deux et
je ne doute pas que le résultat de cette enquête lui
soit plus que défavorable.

— Tout ce que dit madame est rigoureusement exact
déclara Maurice. Je puis en outre vous indiquer certaines personnalités absolument ignorantes de ce qui
se passe ici et qui vous conteront sur le baron certaines petites histoires d'une délicatesse plus que
douteuse. Monsieur de Solrange est un faussaire,
vous venez de le voir ; je déclare, sans crainte d'être
confondu, qu'il est également un escroc. Après son
départ de Paris, j'en ai acquis des preuves que je puis
vous fournir et si celles-là ne suffisaient pas, je vous
aiderai à en trouver d'autres qui achèveront à coup
sûr de vous convaincre.

— Merci, mon cher Maurice, lui dit Albert, en lui
serrant affectueusement la main.

— Quant à vous, Madame, dit-il à Claire, je vous serai éternellement reconnaissant.

— Non, dit Claire, vivement ; ne me remerciez pas. Je vous aime... je ne rougis pas de le crier bien haut... On a voulu vous faire du mal, je vous défends... Et à cela je prends un plaisir infini, car j'obéis encore à cet amour que vous ne pouvez pas... que vous devez pas partager... je le vois maintenant et je vous comprends.

Elle s'avança vers Jeanne :

— J'avais voué à toute femme qui aimerait M. Dalvinoy une haine mortelle, mais vous avez trop souffert et vous n'êtes pas faite pour connaître ces tortures du cœur. Je les garde pour moi... Je désarme et je ne vous demande en retour que de l'aimer autant que j'aurais voulu pouvoir le faire.

— Vous êtes bonne, murmura Jeanne, merci... Merci.

Et sur sa joue glissa lentement une larme que Claire regarda, heureuse et fière de son sacrifice.

Madame Maurecourt était abasourdie. Tant d'émotions l'avaient brisée et elle ne souhaitait rien tant que de voir se terminer cette série de discussions. Certes, elle était édifiée sur le compte du baron et malgré son faible pour l'aristocratie elle avait repris tout son bon sens. Chaque visite de la marquise lui revenait à l'esprit, sous un jour nouveau, mettant bien en lumière toutes les petites manœuvres que son inconcevable admiration pour les couronnes ou les tortils l'avaient empêchée de découvrir. Elle se rappelait les marques d'amitié dont elle avait été comblée et elle rougissait presque d'avoir été dupe de tant d'hypocrisies, maintenant que les choses lui apparaissaient avec la brutalité de la réalité. Elle se reprochait de n'avoir pas agi avec toute la circonspection désirable et elle s'effrayait à l'idée que, par sa faute, sa fille aurait pu être malheureuse toute sa vie.

Cette dernière pensée l'envahit tout entière et elle se précipita vers Jeanne qu'elle embrassa longuement :

— Ma chérie !... ma pauvre chérie ! Tu me pardonnes ?... j'aurais dû... mais pouvais-je me douter... Enfin, heureusement...

Elle parlait avec peine, sentant bien qu'elle faisait, en quelque sorte, une amende honorable, et cela l'ennuyait un peu de dire ainsi qu'elle n'avait pas agi en mère prudente, et qu'elle avait failli sacrifier sa fille au plaisir, légèrement enfantin, de devenir la mère d'une baronne.

— Je savais tout cela, fit Jeanne.

— Et tu ne m'as rien dit !

— C'eut été inutile. Vous ne m'auriez pas crue... mais j'ai pleuré souvent car il y avait quelque chose en moi qui me criait que ces lettres étaient fausses. Aussi, lorsque Blanche les emporta, j'ai eu le ferme espoir que tout n'était pas fini pour moi et que tôt ou tard on découvrirait.

—C'est égal, dit Maurice en riant, il était temps d'arriver. Toutes ces fleurs montrent que l'on ne perdait pas une minute ici.

— Ces fleurs !... ces fleurs !... clama Mme Maurecourt... je n'en veux plus !...

Et rapide, furieuse, elle arracha les bouquets et les
jeta par la fenêtre. Peu à peu la rage la prenait, elle
se voyait ridiculement jouée par ces nobles à l'affut
de sa fortune, elle sentait combien son rôle avait été
grotesque, il lui semblait entendre les éclats de rire
moqueurs qui avaient retenti dans le salon de Solrange à chaque retour de la marquise, et elle ne
songea qu'à se venger, sans plus attendre, de ceux
qui croyaient si bien l'avoir éblouie par leur généa-
logie et leur blason.

— Ah ! je vais leur apprendre, moi, que les Maurecourt, manants industriels, valent bien les Solrange, marquis, barons, nobles vendant leur titre
comme mon mari vendait des casseroles, contre ar-
gent comptant !

Elle sortit en coup de vent, claquant la porte, à la
grande joie de ceux que tout à l'heure elle voulait
chasser.

A peine avait-t-elle disparu qu'Albert se précipita
vers Jeanne.

— Vous n'avez pas cru, n'est-ce pas ? lui demanda-
t-il.

— Jamais ! répondit la jeune fille. J'avais confiance
en vous et, je ne sais pourquoi, il me semblait que ce
mariage n'aurait pas lieu. Pourtant j'ai eu bien
peur !

Ils se chuchotèrent toutes les choses exquises que,
seul, le cœur des amoureux peut trouver et com=

prendre. Un instant leurs voix se turent : ils se regardaient, lisant dans leurs yeux l'infini de leur amour que les mots ne pouvaient plus exprimer. On n'entendait plus que Maurice et Blanche qui, de leur côté, se disaient à voix basse qu'ils s'aimaient et se félicitaient de l'heureuse issue de leur visite.

Claire, tour à tour, contemplait chaque groupe et sa figure rayonnait de la joie du devoir noblement accompli, du sacrifice volontairement consenti. Elle les enveloppait d'un regard maternel et doux, et il lui sembla qu'elle pouvait être fière de leur bonheur. C'était son œuvre, à elle, après tout !

Comme pour les contempler de loin plus à son aise, heureuse d'être un instant oubliée par les jeunes gens bien excusables de mettre à profit l'absence de Mme Maurecourt, elle alla s'asseoir sur le canapé.

Alors, elle les regarda longuement et dans ses yeux brilla toute la satisfaction qu'elle éprouvait à considérer le résultat de sa douloureuse abnégation.

Elle songea que ce n'était pas tout encore. Il lui restait à remplir la dernière partie du programme qu'elle s'était tracé, en piétinant elle-même son pauvre cœur déjà meurtri par l'ironie et le dédain et elle puisa dans ses souvenirs le dégoût et la honte qui devaient lui donner le courage dont elle avait besoin. Elle se rappela sa vie, elle se vit la femme adulée et adorée pour sa grâce et son élégance, pour sa distinction et son intelligence, pour tout ce qui fait enfin le charme des créatures comme elle, dont chaque

Le Pardon...

attrait est coté, chaque sourire évalué, chaque regard
inscrit au registre du plaisir.

Ces femmes-là !... Tout le monde les désire, tout
le monde les envie, mais..., tout le monde s'en dé-
tourne dès qu'elles veulent montrer un coin de leur
âme.

Ces femmes-là... On les admire et on s'en moque,
on les regarde et on les bafoue, on les prend avec
fatuité, on les supporte avec honte, on les lâche avec
joie.

Ces femmes-là !... Meubles de luxe, bibelots rares,
bêtes de prix.

Ces femmes-là !... Pouah !...

Et pourtant !

Avec la rapidité de la pensée, elle revécut en quelques minutes toute sa vie, et elle en conclut qu'elle
avait trop souffert pour désirer la continuer. Depuis
plusieurs jours d'ailleurs, elle avait réfléchi et avec le
sacrifice de son amour lui était venu un insurmonta-
ble dégoût pour l'existence qu'elle avait menée. Bien
décidée à ne pas se replonger dans les plaisirs dont
elle connaissait trop les rancœurs, elle se vit seule
désormais, sans conseil, sans appui, avec, pour toute
sauvegarde, cette adoration qu'elle s'était pour toujours condamnée à garder au plus profond d'elle-
même.

Elle avait songé à tout cela et il lui avait semblé
que le mieux serait d'en finir avec cette vie qui ne lui
avait procuré que des larmes. Elle avait résolu de
s'en aller ainsi, discrètement, le jour du mariage

d'Albert et depuis qu'elle y était décidée elle portait sur elle un petit flacon contenant un poison violent, infaillible. Parfois elle portait la main à son corsage et elle éprouvait une sorte de joie à sentir contre son cœur la terrible liqueur qui devait, à l'heure fixée par le dégoût et le désespoir, en arrêter les battements.

Or voici que, tout à coup, en contemplant les jeunes gens qui, sans doute, parlaient déjà d'avenir, la mort lui parut désirable. Elle se sentait enveloppée d'une atmosphère d'amour qu'elle respirait doucement, qui se répandait en elle et la prenait toute, lui mettant en l'âme un bien-être infini dans lequel elle eut le suprême désir de s'endormir à jamais.

Et lentement elle porta à ses lèvres souriantes le flacon et en absorba le contenu. Puis, elle se renversa, appuya sa tête sur un coussin du canapé et attendit.

Maurice s'était retourné. La voyant ainsi, il crut à un malaise causé par une trop vive émotion et accourut près d'elle.

— Qu'avez-vous, Claire?

— Rien, dit-elle,... ce ne sera rien.

Mais Blanche aperçut le flacon et eut aussitôt une pensée horrible.

— Ce flacon? s'écria-t-elle... que contenait-il?

— Eh bien oui! répondit Claire.

— Du poison?... fit Albert... Vite, Jeanne faites prévenir un docteur!... Vite... vite... Oh, pourquoi?... Claire... pourquoi?...

La jeune femme arrêta Jeanne.

— Ah, n'appelez pas... c'est inutile... Il n'y a pas de remède à celui-là,... implacable comme celui des Borgia... il ne pardonne pas... Pourquoi ?... demandez-vous... Mon amour était trop fort, je n'aurais jamais pu l'arracher de mon cœur,... et vivre maintenant eut été trop cruel... Il vaut mieux mourir.

Ils étaient tous près d'elle. Alors elle prit la main de Jeanne et la mit dans celle d'Albert. Tous deux, instinctivement, s'agenouillèrent.

— C'est un triste mariage, continua-t-elle, que celui que la mort unit... mais je suis superstitieuse et je sens qu'au contraire cela vous portera bonheur... D'ailleurs, là-haut, je poursuivrai mon œuvre et je prierai pour vous... Je m'en vais contente... sans un baiser... mais, peut-être ce dernier sacrifice me fera-t-il pardonner toute ma vie !...

A ce moment, madame Maurecourt rentra, toute joyeuse.

— Voilà qui est fait... et, ma foi, je suis bien aise d'être débarrassée...

Tous lui firent signe de la main. Maurice alla à elle et lui dit quelques mots à l'oreille. Aussitôt elle vint près de Claire.

— Pauvre, pauvre femme !...

— Votre pitié me fait du bien,... Adieu !

Et elle la contempla longuement.

— Jeanne ! fit Albert.

La jeune fille comprit le désir de son fiancé et s'associant à la délicate pensée qu'elle avait lue dans ses yeux :

— Oh, oui !... mon ami... Oui !... Qu'elle meure du moins heureuse pour tant d'abnégation !

Le jeune officier s'approcha de la mourante :

— Claire ! dit-il... Pardon !

— Te pardonner ? répondit-elle... Vous pardonner ?... Ne dois-je pas être généreuse jusqu'à mon dernier soupir ?... Oui, Albert... je vous pardonne... de tout mon cœur... C'est si bon !...

La mort venait. Claire avait fait un dernier effort qui l'avait brisée. Elle s'abandonna, fermant les yeux. Sa tête, déjà toute pâle se renversait et Jeanne, pieusement, la soutint.

Alors Albert se penchant déposa, sur ses lèvres presque froides, un long baiser qui la fit frissonner :

— Ciel !... lui !...

Et Jeanne à son tour l'ayant baisée au front, elle murmura :

— Oh, vous aussi !... Merci !... Merci !... Adieu !...

Un léger tremblement, un souffle... C'était fini.

Tous, à genoux, les mains jointes, considéraient celle que son amour avait tuée.

— Noble créature, dit Maurice.

— Ces femmes-là, tout de même... fit madame Maurecourt.

— Ces femmes-là, dit Albert, ont parfois l'âme d'un ange !

Courbevoie. — Imp. E. Bernard, et Cie, 14, rue de la Station

EN VENTE CHEZ TOUS LES LIBRAIRES

Petite Collection E. Bernard.

à **60** centimes le volume *pour la France.*
à **75** centimes le volume *pour l'Étranger.*

VIENT DE PARAITRE :

No 1 LE COLLIER DE DIAMANTS, par A. Lepage.
No 2 UN BAISER DE REINE, par A. Guignery.
No 3 LES MAITRESSES DE FRANÇOIS Ier, par P. Savernon.
No 4 LA ROSÉE ROUGE, par A. Guignery.
No 5 LES MAITRESSES DE HENRI IV, par P. Savernon.
No 6 LE ROMAN D'UNE CHANTEUSE, par A. Guignery.
No 7 LA CONSCIENCE DU JUGE, par A. Guignery.
No 8 UNE COUR D'AMOUR, par A. Lepage.
No 9 LE RÊVE DE MICHELINE, par Abel de Miray.
No 10 LES MAITRESSES DE LOUIS XIV, par P. Savernon.
No 11 UNE D'ELLES, par Jean Carvalho.

EN PRÉPARATION :

LES MAITRESSES DE LOUIS XV, par P. Savernon.
PRINCESSE DE VENISE, par Pierre Guédy.
LES SANGUIVORES, par Gaston Azémar.
TRAGIQUES AMOURS, par A. Guignery.

Cette Collection comprendra 100 volumes.
Couverture en Couleur et illustrée en Phototypie.
Il paraîtra régulièrement 4 volumes par mois.

VIENT DE PARAITRE :

LE NU ESTHÉTIQUE

PAR EMILE BAYARD

* * *L'HOMME* * *LA FEMME* * *L'ENFANT*

Une livraison par mois de **4** planches grand in-plano contenant
de **40** à **50** *académies.* — Prix : **1** franc.

Courbevoie. — Imprimerie E. Bernard et Cie.

www.ingramcontent.com/pod-product-compliance
Ingram Content Group UK Ltd.
Pitfield, Milton Keynes, MK11 3LW, UK
UKHW022352090726
13658UKWH00002B/599